死を見る僕と、明日死ぬ君の事件録

shi wo miru boku to ashita shinu kimi no jikenroku

古宮九時
Kuji Furumiya

イラスト:浅見なつ
illustration:Natsu Asami

プロローグ

最寄りの駅から徒歩十五分。閑静な住宅街に、その女子大はある。

白い壁の向こうに見える緑の木々。門の正面に広がるのは美しい芝生と歴史ある校舎だ。派手さはないが、年配の人間たちからはおおむね名門と認識されている大学。

昼休みとあって女子学生たちで賑《にぎ》わう構内を、僕は門の外から通りすがりに一瞥《いちべつ》した。大学の教科書が多数入っている鞄《かばん》を肩にかけなおし、半ば身に染《し》みついた癖のように、いるはずもない彼女の姿を探す。

晴れた日の下に映える、緑のキャンパス。その中を行く学生たちは、一人一人皆違う。彼女たちの姿を僕は何となく目で追った。

瀟洒《しょうしゃ》な構内に「彼ら」の姿はない。

曖昧で物悲しい、死を形にした影。それは未来から過去へと焼きついた、人間の濃い記憶だ。僕は「彼ら」がいないことに安堵《あんど》して、正門の前を通り過ぎようとする。

吹いてきた風に目を細めて――ふと、校舎の向こうの渡り廊下に目を留めた。

色褪《いろあ》せた屋根の下を歩いていく、長いふわりとした髪の女性。

「……っ」

華奢《きゃしゃ》な後ろ姿。本を抱えたその背が一瞬、彼女のものに見えて、僕は足を止めた。

だがすぐに、思い返す。

――彼女はもう、ここにはいないのだ。

構内を必死になって駆けていくことも、僕を見つけて子供のように追いかけてくることもない。ただその面影を、木漏れ日の下に見るだけだ。

「……鈴子《すずこ》」

平和で、幸福で、振り払えない死に慌ただしかったあの頃。当時の僕は、自分だけが苦しんでいると思っていた。そんな僕の隣に彼女はいてくれたのだ。

瀬崎《せざき》鈴子。善意を信じるふりが上手い、優しい彼女。

僕を支えてくれた無邪気な笑顔を、今も鮮やかに思い出す。

はじまりはきっと遠い日だ。僕がまだ、何も知らなかった子供の頃。

それは、街のあちこちに佇《たたず》んでいる「彼ら」――僕にしか見えないその存在から、必死で目を背けようとしていた時に始まった。

1

よく晴れた日だ。

高いビルが左右に立ち並ぶ真昼の繁華街。

僕は通りを横切る横断歩道の上に立っていた。

地面から伝わってくる熱は、真夏日を思わせるものだ。降り注ぐ日差しが街全体を白く光らせている。

辺りを走り回っている人々は、恐怖と混乱の表情だ。騒然とした空気が辺りに立ちこめて、携帯電話を手に叫んでいる人が何人もいる。

だが――それでも一切の音は聞こえない。僕の耳には届かない。

ただ僕は、横断歩道のただ中に立ち尽くして、動かない背中を見下ろしていた。

麻のストライプのシャツ。白かった裾が、じわじわと赤く染まっていく。体の下からアスファルトに、同じ色の液体が広がっていく。

僕は何もできずその終わりを見つめているだけだ。

「……こんなの、うそだ」

こんなはずじゃなかった。みんな救えるはずだったんだ。そのために僕と彼は、駆けずり回っていた。きっとなんとかできると信じていた。

なのに、これは

「うそだ……」

震える声。

僕は両手で顔を覆う。

息が苦しい。目の前が暗くなる。嗚咽《おえつ》が渇いた喉元でつかえる。

僕は、小さく口を開き――

※

目を開けた時、僕は真っ暗な部屋にいた。

と言っても、見知らぬ部屋でもなんでもない。十八年間慣れ親しんだ僕の自室だ。

真っ暗なのはシャッターを閉めきっているからで、でもそれはこの二年間、昼夜関係なくいつもそうだった。

「さむ……」

嫌な夢のせいで、全身汗でぐっしょりと濡《ぬ》れている。

でもその夢の記憶も、目が覚めるとほとんど思い出せない。ただちらちらと、倒れた背中の映像が脳裏をかすめているだけだ。子供の背中、とだけわかる断片。悪夢の残りかすだけが体中にまとわりついている。

「……今日は出かけるか」

携帯の画面を確認すると、時刻は午前九時過ぎだ。僕は簡単に身支度を済ませて部屋を出た。玄関先で靴を履いていたところで、廊下に人の気配を感じる。

本当に間が悪い——そう思った直後、背中に母親の声がかかった。

「どこに行くの？」

「ちょっとそこまで。ただの散歩だよ」

答えた声は、自分でも自然なものだったと思う。けどそうして家を出て行こうとした僕に、母は苦い声で言った。

「どうして外に出るの。学校に行かないなら家にいればいいでしょう」

「散歩に行くだけだって。何もしないし、何もないよ」

まいったな。普段は家の中でも顔を合わせないようにしてるのに、よりによって出がけに見つかってしまった。

「こんな昼間に外をうろつくなんて……あまりよその人にあなたを見られたくないの。何を言われるかわからないでしょう」

「…………」

「ねえ、聞いてるの？」

「……夕飯までには戻るから」

それだけ言って、僕はさっさと外に出るとドアを後ろ手に閉める。

幸い、母が追いかけてくる気配はない。角を曲がって家が見えなくなると、僕は大きな溜息《ためいき》をついた。

「近所の噂にはなりたくないってやつか。まあ、無理もないよな……」

あんな事件に巻きこまれた我が子を、好奇の目にさらしたくないんだろう。

でも別に、心配されるようなことはしない。外に出るのも、本当にただの散歩で気分転換だ。ルートは毎回変わらず、家から最寄り駅に出て下り方面に六駅。

いつものように快速電車から降りた僕は、ホームの床だけを見て歩き出す。

午前十時を過ぎたこの時間は人もまばらだ。

ホームのベンチに座っているのも、疲れたような暗い顔の中年女性だけで、他には誰もいない。僕は彼女の前を通り過ぎると、階段にへばりつく乾いたガムを見ながら改札階へと降りて行った。

——その途中、階段を上ってくるサラリーマンとすれ違う。

「……っ」

くたびれた靴とスーツの裾。俯《うつむ》いている僕の目に見えたのはそれだけだ。

だがそれだけで、「彼ら」だとわかった。すぐ横を通り過ぎていくサラリーマンの体は、半分透けて階段の薄汚れた壁が見えていたからだ。

ホームから走ってきた女子高生が、透けたサラリーマンの体を突き抜けて、改札へ駆け降りていく。けど女子高生もサラリーマンも、何らお互いに気づいた様子はない。

半透明のサラリーマンは、僕と同じように足元だけを見て——ホームに消えた。

振り返ってその姿を見送った僕は、階段の途中だったことを思い出し溜息をつく。

「いまさら驚くようなことでもないだろ……」

僕は日頃、できるだけ「彼ら」の姿を見ないようにはしている。でも目に入ったからって、それはとっくに見慣れたものだ。

だから僕は、いつものように「彼ら」を無視して、改札から外へ出た。冬の晴れた空が、僕の視界に突き刺さる。

「まぶし……」

出勤通学が一通り終わったこの時間、駅のロータリーを歩いているのは買い物中の主婦と、一限がない大学生がほとんどみたいだ。僕は何食わぬ顔で彼らに混ざって、駅前のアーケードに向かう。一見すれば、これから大学に向かう学生に見えるだろう。事実、僕の籍はまだ、この近隣にある私立大に残っているはずだ。

ただずいぶん授業には出ていない。入学して一か月で大学に来なくなった僕の顔を知っている人間は、もういないだろう。

アーケードを行きながら、僕はウィンドウに映る自分の顔を一瞥する。染めていない短めの髪に、平均的な身長。顔立ちはいたって平凡な大人のものだ。ただその目には、自分で言うのもなんだけど優しげな印象があると思う。少なくとも人に警戒を抱かれるほどじゃない。

――神長智樹《かみながともき》。十八歳。

大学に行くこともできず、かといって自室に引きこもり続けることもできない、そんな人間。たった一つ明らかに他人と違うところがあるとすれば、それは――

僕は歩きながら、ちらりとある店を見る。

小さな手芸店。その店先の椅子に、一人の老婦人が座っていた。

やせ細った両手を膝の上に揃《そろ》えた彼女は、雑多な店の陳列に溶けこんでいる。年は九十歳近いだろう。短い白髪の下、色褪《いろあ》せたカーディガンを羽織った背を、猫のように丸めている。

まるで眠っているように目を閉じている老婦人は、だがよくよく目を凝らせば、体がうっすら透けている。丸い背中越しに見える毛糸の山は、昨日まではもっとはっきり色がわかった。

「……あれは今日明日が限界かな」

その時、店の奥から小さな老婦人が、杖を突いてよろよろと歩み出てきた。曲がった背に色褪《いろあ》せたカーディガン。椅子に座る彼女とまったく同じその人は、ゆっくりと棚の前を通り過ぎると、定位置である店先の椅子に座る。

透けている老婦人と、現れた老婦人、二人の体がぴたりと重なり合った。

僕にしか見えない透けた人影の「彼ら」。

それは言ってしまえば、場所に残る人の記憶——つまりただの幽霊だ。

地縛霊のようなもの、とでも言えばいいのだろうか。「彼ら」はそれぞれ特定の場所にいて、記憶された動作を繰り返し続けている。

繰り返す時間は、人によってまちまちだ。一分くらいをあわただしく反復する人もいるし、三十分以上動かない人もいる。

ふっと消えることもある。だが再び現れて、同じ時を繰り返す。

「彼ら」は、どこにでもいる。駅のホームに立ったままのものや、暗い夜道を歩いているもの、マンションのベランダに立ち尽くしているものなど色々だ。そして、僕以外にその姿は見えない。騒ぎ立ててもおかしな人間と思われるだけだ。

僕は、子供の頃からそんな「彼ら」の姿を見続けてきた。

両親とぎくしゃくするようになったのも、普通の人間には見えない「彼ら」を指差して、しきりに訴えてしまったのが原因だ。彼らにとっては、僕は今でも「幽霊が見えるらしい不気味な息子」だろう。

ただ、その認識はちょっと違う。

僕が見ているものはただの幽霊じゃなくて――これから死ぬ人間の亡霊だからだ。

正確には、まだ生きているんだから生霊と言った方がいいのかもしれない。けど、僕にとって「彼ら」は亡霊だ。なぜなら彼らは、やがて来る未来の自分の死の時を繰り返し続けている。

ホームからふらりと電車に飛びこむ「彼ら」の幻視を見たのだって、一度や二度じゃない。道端で倒れている幻視に気づかず駆け寄ったこともある。透けていた体が、実体に近い色濃いものになっていくのは、「その日」が近づいているからだ。死の瞬間を繰り返し続ける「彼ら」は、やがて実際の自分と重なり合う。そうして人生最後の時を迎える。

——僕はその現場を、これまで何度も見てきた。

この目のせいで色んな目にあったけど、とある事件をきっかけに、僕はついに学校にも行けなくなった。母親は、ただでさえ気味悪かった息子のそんな行動に、もはや匙《さじ》を投げたらしい。

もっとも、何人も犠牲者を出した連続通り魔事件に、自分の息子が巻きこまれかけたなんて話は、誰であっても参ってしまうのかもしれない。

僕自身はよっぽどひどいショックを受けたのか、その事件を含めてあちこち昔の記憶に穴が開いてる。自分のことなのに、過去についてはわからないことばかりだ。

「思い出せない方がいい話ばっかりなんだろうから、別にいいけどさ」

それでも、今朝みたいに忘れたはずの断片に触れることもある。

——この目を使って、まだ人を助けたいと思っていた頃の夢。

そしてその希望が馬鹿みたいに砕かれた時の……きっと最後の記憶。

例の事件をはっきり思い出せなくても、ひどい喪失感だけは覚えている。

体中が冷え切るような、逆に火がついたような衝撃。

頭が真っ白になるような絶望。

それが全てで、それ以上はない。どういう経緯であの場所にいたのか、誰の名を呼ぼうとしていたのかもわからない。

思い出せてももう意味がないだろう。全部とっくに終わってしまったことだ。そして、そんなことは二度と御免だ。

だから僕はもう——「彼ら」を直視しない。


「……あら」

店先に座る老婦人から、小さな呟《つぶや》きが漏れる。乾いた音を立てて転がる杖《つえ》を、僕は一瞬迷った後、歩み寄って拾い上げた。老婦人に手渡すと、彼女は皺《しわ》だらけの顔を綻《ほころ》ばせる。

「ありがとうね、坊や」

現実の彼女は、ゆっくりとそう言って僕の手から杖を受け取った。僕は、杖を持った手が、膝上の透けた手に重なるのを見ながら、会釈して一歩下がる。

老婦人は、そんな僕を少し寂しそうな目で見た。

家族以外の人間と話すことはあまりないのかもしれない。人の温もりを求めるまなざしは、穏やかで慎ましやかだ。だが彼女はすぐに自ら眠るようにその目を閉じた。


――僕にしか見えない、過去と未来の亡霊たち。

「彼ら」は確かに、僕の人生を変えた。死んだ人間が見えるなんて言う子供に世の中は冷淡で、ましてや未来の死の警告なんか、ただの嫌がらせにしか思われない。いくら真剣に訴えても邪険にされて――結果残るのは、押しつぶされそうなほどの無力感と、変えられなかった人の死だけだ。


僕は顔を伏せて、アーケードを出て東に進む。

その先の住宅街は、芸術系の大学や古い女子大があるせいか、雰囲気自体が落ち着いていていい。僕は一週間前からの散歩コースを悠々と歩いてく。時折すれ違うのは、犬の散歩をしている老人や、新入社員らしい灰色スーツの若者くらいだ。

——だがそんな中にも「彼ら」が交ざっていることがある。

角を曲がっていく透明な女性の後姿。ＯＬらしい彼女は会社帰りなのか、左肩にビジネスバッグをかけている。右手に持っているのはスケッチブックだ。スーツのＯＬさんが持ってるものにしては変わってるけど、この辺りは美大があるせいか珍しくはない。あ、ひょっとして美大生が就活中でスーツを着てるとかなんだろうか。

彼女の細身の体は、向こうが見えるほど薄く透けた状態だ。これだけ薄いってことは、ずっと先に亡くなる人なんだろう。いつかの未来、彼女に何が起きるのかはわからない。知るつもりもない。

そうして住宅街を抜け、僕が辿《たど》りついたのは郊外の公園だ。

大きな二つの池を取り囲むようにある緑の公園。犬の散歩をする人間くらいしかいないそこは、ちょうど古い女子大の真裏にあたる。池沿いに並ぶベンチはほとんどが空いたままだ。

僕はそのうちの一つ、生い茂る枝の下にひっそりと置かれたベンチに歩み寄った。慣れた仕草で左側に座る。

そして前を見たまま彼女に言った。

「こんにちは」

返事はない。ベンチの右側に座る彼女は微動だにしない。

僕はゆっくりと息を吐いた。水色の空を仰ぐ。

「一週間ぶりだね、鈴さん」

彼女の名を、僕は知らない。

「鈴」と言うのは彼女のペンダントから僕が勝手につけた名前だ。

風に揺れないショートカットの髪。少し俯き気味な、けれど前を見据えるまなざし。

整った顔立ちをしているのだと思う。綺麗な形の顎を、僕は横目でそっとうかがう。

彼女の横顔は――透けて向こうの木々が見えていた。

2

『辛いなら忘れたっていいだろ。まずは自分自身だ』

それは、いつか誰かに言われた言葉だ。

誰の言葉かはわからない。うっすらと見当はつくけれど、その存在は、失意と共に消えてしまった記憶の中だ。

だから、時々わずかな断片だけふっと思い出すのは、僕の甘えた心のせいだろう。

そう言われたのだから、忘れてしまっていてもいい。過去を封じこめて、自分だけの平穏を選んでも悪くない。そんな風に、自分を納得させようとしている。

納得しようとして、でも本当は、僕は――

※

「昨日は雨だったから、自分の部屋にいたよ。ずっと本を読んでた」

淡々と、僕は自分の日常を報告していく。

日記をつけるように、彼女に向かって一人で話し続ける。

「部屋にいると、余計な心配をしなくて済むのはいいんだけど、ずっと引きこもってるのにも抵抗があってさ。人と目を合わせないように歩くのは上手くなったけどね」

僕が口にするのは、誰にも話すことがない、誰も聞くことがない話だ。

週に一度、僕はこの公園でこうして、彼女の隣に座る。

鈴さんはいつもここにいる、「彼ら」の一人だ。

初めて見つけた時から様子に変わりがないところを見ると、もしかしたら幻視じゃなくて、本当にただの幽霊なのかもしれない。

年は見た感じ十八歳そこそこ。冬のジャケットにロングスカートを履いている。けど、その色味は、透けているせいでよくわからない。わかることと言えば、彼女はずっとここに座り続けているってことだけだ。

初めて彼女に出会ったその日、僕はひどく疲れ果てていた。

打ちのめされて、消沈してぼろぼろで、それでこの場所に来たんだ。

そして、ベンチに座る彼女を見つけた。

『僕が見たもののせいで、人が死ぬんだ』

隣に座って、ぽつりと話し出してしまったのは、彼女が「彼ら」の一人でありながら、今まで見かけた「彼ら」と違って、まるで穏やかに静かに、そこに座っていたからだ。その横顔に不思議と懐かしさを覚えて……心が緩んだんだろう。気づけば自分のこと、自分の周りで起きたことを吐き出していた。

『助けたかったんだ……それだけだった……なのに』

――人の死は、一人で背負うにはひどく重い事柄だ。

なのに突飛な話のせいで、親も友人も信じてくれない。『あの人はもうすぐ死んでしまう』なんて訴えても、怒られたり気味悪がられたりするばかりだ。

そうして空回りしているうちに、当の相手が死ぬって状況は……やっぱり辛い。

死んでいく「彼ら」の幻視と、現実の自分の板挟みになって、その頃の僕は、正直言って限界だったと思う。

『もういやだ……こんな目はいらないんだ……こんなの、もう』

全て終えたい。逃げ出したい。

何もかも忘れて、捨てて眠ってしまいたい。

けど、ひとしきり泣いて溜《た》めこんだものを吐き出し終えた時、僕は見たんだ。

夕暮れ時の赤味差す光の下、鈴さんの口元がふっと微笑んで――

『大丈夫。一人にしないから』

それは、確かに僕が一番聞きたかった言葉だった。

以来、僕は鈴さんの言葉に甘えてここに通っている。

もちろん、それが僕に向けての言葉じゃないことはわかっているけど、確かに僕はあの時、彼女に救われたんだ。今も救われている。

だからここに来るのも、大部分は自分の心の安定のためだけど、一部には彼女に恩返しをしたいって気持ちもある。定期的に様子を見ていれば、彼女に死が近づいた時色合いの変化でわかるだろう。それで何が変えられるってわけじゃないだろうけど、忠告の置き手紙をするくらいはできるかもしれない。

後ろの小道を、ベビーカーを押した若い母親が歩いていく。その姿が通り過ぎるのを待って、僕は口を開いた。

「鈴さんは、いつも通るアーケードの手芸店知ってるかな。あそこのおばあさん、そろそろ長くないみたいだよ」

手芸屋の老婦人については、三週間くらい前から見えていた。

最初は蜃気楼《しんきろう》のようにうっすらとした幻視だったのが、徐々に色がつき輪郭を持つようになっていったんだ。それは緩やかに死の時間に近づいているという意味だ。

「見た感じ……眠るみたいに穏やかな最期になる」

慣れきった苦味を言葉にする。瞬間、肩に負っていたものが少しだけ軽くなる。

僕はそんな自分に半分嫌気がさして、半分安堵した。

人の死を見ないふりをして口を噤《つぐ》んでいても、やっぱり何かしらのしかかってくるのは事実だ。そしてそれは意識の底に溜まりこんでいく。

だから僕は——沈殿しそうな感情を全て、鈴さんに聞いてもらうことにしている。

聞いてもらって整理して、また自分の中にしまいなおす。

そうやって僕は一つ一つを飲みこんでいって、一つ一つを忘れていくんだ。

「他にも色々幻視が見えるけど……みんな、まだ先かな。近くなったらまた散歩コースを変えないと」

いくら僕でも、現実の人死にを目の当たりにはしたくない。それがあらかじめ知っていたことなら尚更だ。だから僕は、定期的に歩く道を変えている。

でも、どんな道を歩いてもここに来ることだけは変わらない。

僕は鈴さんが右側に座っていることを意識する。気分が凪《な》いでいくのがわかる。

——この時間が、僕の生きていく上で必要なものだ。

あの日と同じように、鈴さんの唇が優しく動く。

『大丈夫。一人にしないから』

声は聞こえなくても、口の形でそう言ってることはわかる。

こんな話を、嫌がらずに受け止めて頷《うなず》いてくれる……彼女の存在に支えられて、僕は今日も安堵の息をついた。

「ありがとう……鈴さん」

他人から見たら、馬鹿みたいに見えるだろう。けど、これが僕の生き方だ。穴だらけの記憶を抱えて、彼女との時間を頼りに日々を過ごしていく。


人もまばらな公園では、聞こえてくるものは自然の音ばかりだ。

そのままベンチでうたた寝していた僕は、近くの女子大から聞こえてきたチャイムではっと目を覚ました。

「っと、こんな時間か。また来るね、鈴さん」

いつもは二時前には帰るんだけど、今日はもう三時近い。あんまり遅くなると、近隣の中高校生の下校に巻きこまれてしまう。

別れの挨拶に鈴さんは何も応えないけど、僕は手を振って、来た道を戻り出した。

その時、向こうから一人の女子大生が歩いてくるのに気づく。

グレーの薄いニットに細身のデニムパンツ。

すらりとした体型は中学生の少年みたいだ。

けど、ふわふわと長い黒髪が、彼女の印象を女の子らしいものにしている。

今年大学に入ったばかりの一年生なのかもしれない。真っ直ぐ前を向く目は春の日差しのようで……「彼ら」を見ないよううつむく僕とは、あまりにも違って見えた。

彼女は、向かいから来る僕を一瞥する。

そしてふわりと微笑んだ。

翳《かげ》りのない、澄んだ笑顔。

茶色がかった瞳が柔らかな光を帯びる。

僕はそれだけのことに――なんでか泣きたくなった。

「あれ……なんで」

声が震えるのがわかる。

でも彼女は、そんな僕の呟きに気づかなかったらしい。軽い足取りで僕の隣を通り過ぎた。

すれ違う瞬間、その横顔を見る。

綺麗な顎のライン。すっと通った鼻筋。

先を見つめる、意思のある目。

それはよく見覚えのあるものだ。

なぜなら、つい今まで僕は……彼女と一緒にいたのだから。

「……鈴さん？」

その声が届いたのか、三メートルの距離をおいて、彼女は振り返った。

僕を見て、自分に言っているのだと理解して、鈴さんは首を傾げる。

「んー……？　人違いかな？　ごめんね」

ぺこりと会釈して、彼女は歩き去っていく。僕は呆然とその背を見つめた。

その先にあるのは、鈴さんが座っているベンチだ。

透明な鈴さん。僕にしか見えない「彼ら」。それはつまり、未来の彼女が——

「……っ」

全てを理解するより先に、僕は駆けだす。

——急がなければいけない。間に合ううちに、早く。

僕は、ちょうどベンチに差しかかろうとしている彼女に追いついた。

その手を摑《つか》む。

「鈴さん！」

「ひゃぁ⁉」

悲鳴を上げて彼女は振り返る。茶色い大きな目が見開かれて僕を見た。

僕はその顔を見て失敗に気づく。

「あ、いや、人違いじゃないんだ。僕が勝手に『鈴さん』って呼んでるだけで……」

まずい。これは言い訳になってない。よけい不審に思われるだけだ。

でもそう思う僕とは別に、僕の口は勝手に動く。

「でも、大事なことだから聞いてほしいんだ。本当のことだから、落ち着いて……」

落ち着かなきゃいけないのは僕だ。もっと冷静に、慎重に言わなきゃいけない。

本当のことは伏せて、彼女に注意しなければ。だって——

「君は、もうすぐ死ぬんだ」

——最悪だ。

3

『もうすぐあなたは死ぬ』

初対面の人間にそう言われた時の顔を、日本で一番知ってるのは僕だと思う。

驚きと恐怖と――何よりも得体の知れないものを見る嫌悪の目。

覚悟はしていても、その目で見られると一瞬凍りついてしまう。

だから僕は、信じられないような自分の失態を前に、とっさに目を閉じた。

鈴さんにだけは、そんな目で見られたくない。見られたら、僕はまた小さな自分の部屋に帰りたくなってしまう。

臆病を恥じながら、僕は素早く心の準備をした。どんな目を向けられても、何も感じないように――そう自分に言い聞かせながら顔を上げる。

けど、目を開けた僕は、鈴さんの顔を見て拍子抜けした。

大きな茶色の目が、じっと僕を見つめている。

「それ、ほんと？」

純粋な疑問の声。

驚いてはいるのだろう。でも彼女の目には、恐怖や嫌悪がない。

ただ不思議なことに対し、「なぜ」と問う小さな女の子のようだ。

僕は、そんな彼女に驚いて——ぽかんと顔を見合わせてしまった。

「……え、っと……信じてくれるの？」

「んー、まだわからないけど、ずいぶん真剣みたいだし。ちゃんと話を聞こうかと思って」

彼女は空いた手を顎にかけて頷く。長い髪がふわりと波打った。

あどけない表情で、当たり前のように当たり前じゃないことを言ってくる彼女。

そんな姿は、僕の知る鈴さんとは違う。鈴さんはいつも黙って僕の話を聞いてくれる。全てを受け止めてくれるだけの存在で、逆に聞き返してきたりしない。

でも、だから——

「……あ」

声がつかえる。

そのまま口ごもりそうになった僕は、強張《こわば》る声を無理矢理吐き出した。

「あ、りが……とう」

涙が滲《にじ》みかけて下を向く。いくらなんでも初対面でおかしなことを言ったうえに、いきなり泣き出したりしたら取り返しがつかない。それでなくても、女の子の前で泣くだなんて格好悪い。そういうのは、一人の時にすることだ。

僕は必死で感情をコントロールしようと唇を噛《か》む。小学校三年の時、クラスの山田《やまだ》君が切れ味のいいギャグで、教室内に爆笑の渦を作った時のことを思い出そうとした。

だが何とか涙が収まりそうになった時、ぎゅっと手を握り返されて叫びそうになる。

「……って！」

まだ、鈴さんの手を摑んだままだった！

あわてて手を放す僕に、彼女は怒るわけでもなく、くすりと笑う。

何だこれ……もう調子が狂いっぱなしだ。

頭の中がぐるぐるして思考がまとまらない。恥ずかしいような嬉《うれ》しいような、自分で自分がよくわからない状態だ。無理にでも軌道修正しないと話もできない。

僕は、こほん、と小さく咳払《せきばら》いをして顔を上げた。

「ごめん。ちょっと動転した。あんまりない反応だったんで」

「私も、もうすぐ死ぬって言われたのは初めてかな」

「ごめんね！」

言われてみれば、本当に僕の方がひどかった。完全にごめんなさいだ。

あらためて、僕は立て直しをはかる。

「えっと……端的に言ってしまうと、僕は時々……もうすぐ死ぬ人間の姿が見えるんだ。そういう人が幽霊みたいに、あちこちにいるのが見える。君のことも——」

「え、あちこちにいるって、死相が見えたりするってこと？」

「違う」

「じゃあ、頭の上にカウントダウンが見えるとか……」

「違うって」

なんだこの子。変な子だぞ。何でこんなわくわくした顔で食いついてくるんだ。自分がもうすぐ死ぬって言われたのを忘れてるのか。

鈴さんは茶色い目を輝かせて僕に迫ってくる。その距離感のなさにびびりながら、僕は続けた。

「じ、実際のその人を見てわかるわけじゃないんだ。ただ、その人が死ぬことになる場所に、幻が見える。たとえば交通事故だったら、道路に飛び出していく子供の姿が見えたり——」

「子供!? それどこ!? 早く何とかしないと！」

「いやそれはもののたとえで……」

「早く行こう！」

彼女の手が僕の手を掴む。そのまま有無を言わさず、鈴さんは僕を引きずって走り出した。公園の出口へと真っ直ぐに向かう。

「え？　ちょ、え？」

あまりのことに頭がついていけない。

この人、人の話を聞かないにもほどがあるぞ。パニック映画だったら、真っ先に飛び出して散々色んな人を巻きこんで死なせた挙句、なぜか最後まで生き残ってるタイプの人だ。

鈴さんは僕をずるずる引っ張りながら、笑顔で振り返った。

「あ、私、瀬崎鈴子っていうの。君は？」

「すずこ？」

「鈴の子、って書くんだよ。だからさっき呼ばれた時、ちょっと驚いた」

そう言って鈴さんは小さく舌を出す。胸元で見慣れた鈴の形のペンダントが揺れた。

なるほど、このペンダントは彼女の本名をもじってのものなのか。「鈴」ってのは、彼女にとってはよくある愛称なんだろう。だからさっきも「人違い」って答えるまでに間があったんだ。いきなり知らない男に愛称を呼ばれたらびっくりするしな。

僕は自分で走りながら、自己紹介する。

「えーと、僕は神長智樹。大学一年」

「かみなが、ともき……？」

怪訝《けげん》そうな声で鈴さんは繰り返す。まさか、同じ大学で名前を知られてるとかじゃないだろうな……。

鈴さんはまた「んー」と悩む声を上げた。

「かみなが君……？　大学一年生って……」

「別に珍しい名前じゃないだろ？」

噛んで確かめるような鈴さんの言い方は、ちょっと不安になる。鈴さんはその後も「うーん」と悩んでいたが、すぐに大きく頷いた。

「ま、いいか！　今はそれどころじゃないし！　よし、じゃあ行こう、神長君！　人助けだよ！」

「だからどっちに向かってるんだって――」

このまま闇雲に走っても「彼ら」に出会えるわけじゃない。僕もここに来る途中、何人もの「彼ら」を見たけれど、透き通って見えるってのは、死亡時刻が先の証拠だ。それを何とかしようと思ったら、数日から一か月くらい張りこまなきゃいけなくなる。

僕はそこまで考えて、ふっとある光景を思い出した。

——最後に見たのは、一週間前のことだ。

この公園から駅へと向かう途中に横切ることになる大きな道路。その横断歩道の前に、いつからか一人の透けた女子高生が立っているんだ。

最初はほとんど透明だったけど、次第に色がついて輪郭がわかってきた。彼女の、どこか怯えたような、疲れたような目の様子も。

道路をぼんやりと見つめる彼女の行く先はただ一つで——だから僕は、そこから散歩コースを変えた。

きっと、あのままのペースで鮮明になっているなら、透けた女子高生と現実の彼女が重なるのは、もうすぐだろう。まだあの大通りで事故があったってニュースは聞かないからきっとこれからだ。

僕は鈴さんに手を引かれて走りながら、重い口を開く。

「七号線の……横断歩道で……」

「七号線だね！　わかった！」

鈴さんは僕の手を離す。

けどそれは、一人で現場に急行しようというわけではなく、走りやすさを重視してのものらしい。時々振り返って、僕にどっちへ行くか尋ねてくる。それ以外は振り返らない。まるで、僕が絶対ついてくると信じてるみたいだ。

息を切らせて、長い髪を揺らして走っていく姿。

その背中は、今まで僕が見た誰とも違っていた。

僕はじっと彼女の背を見上げる。

鈴さんはそうして、一キロ近い行程を一度も止まらずに、僕を疑わずに走り抜けた。

僕は……情けないことに、ついていくだけで精一杯だった。

「で、この横断歩道で事故が起きるの？」

「……多分」

鈴さんは、結構体育会系なんだろうか。うっすら額に汗が滲んでるものの、疲れた様子はない。むしろ汗びっしょりでばててるのはこっちで、僕は横断歩道が見える建物の角で、しゃがみこんで息を切らせていた。

ぐったりとしていると、鈴さんがハンカチを差し出してくる。

「はい、どうぞ」

「……ありがとう」

彼女のハンカチは、アイロンをかけなくてもいい、ふわふわのタオルハンカチだ。現実の彼女と出会って三十分足らずだけど、何だかいかにも彼女らしいものに思える。

僕は遅ればせながら見栄を張って立ち上がると、彼女の疑問に答えた。

「その横断歩道に……ブレザーの女子高生が暗い顔で立ってる」

僕が指差したのは、大きな道路を横切る横断歩道だ。

交差点ではない。車は直進する道しかなくて、横断歩道は歩行者がボタンを押して渡るためのものだ。道路を渡った向こう側には古着屋があって、その前に数日前から一人の女子高生が立っている。

鈴さんは思いきり眉を寄せて、僕の指した方を凝視した。

「……私には見えないけど」

「僕にしか見えないんだ。……今まで何人かに言ったことあるけど、誰も信じてくれなかった」

ずきり、と胸が痛む。

今まで、僕の言葉を頭から受け止めてくれた人はいなかった。返ってくるのは、呆《あき》れや怒りの言葉と冷たい視線ばかりで……説明すればするほど凍っていく空気が、ひたすらに息苦しかった。

だから鈴さんも、結局はこんな無茶な話を信じてくれないだろう。警告するならもっとどうせこうなるなら、あの時彼女を呼び止めなければよかった。

いくらでも手段があったはずなんだ。正面から本当のことを話すなんて、子供のすることだ。

どんどん気鬱になっていく僕は、鈴さんの横顔をうかがう。

彼女はまた顎に手をかけて、「うーん」と考えこんでいた。

「それって、どれくらい先のことかわかる？」

「……わからない。透け具合からいって、多分二日以内」

最後に見た時よりも、女子高生の色味ははっきりと増してきている。思いつめたような、憂鬱そうな顔もずっとリアルだ。遠目から見たなら、普通の人間と間違うかもしれない。

僕は、女子高生の鬱屈とした表情が、まるで自分の感情とリンクしている気がして目を逸らした。

「いつかは確定できないけど、この横断歩道で彼女は車にはねられて死ぬ。——多分、信号を無視して飛びこむんだと思う」

「そんなことまでわかるの？」

「わかるよ。顔を見ればわかるし、急に飛び出すから――」

そう言った瞬間、立っていた女子高生が道路に飛び出す。

現実には、何の車も見えない。けど、うっすら透けた彼女の体は――何かにぶつかって宙を舞った。そうして道路に叩きつけられた彼女を見ないよう、僕は目を閉じる。

「神長君？」

「……ちょっと待ってて」

僕がゆっくり深呼吸してから目を開けると、透けた女子高生はまた横断歩道の前に立っていた。ついさっきねじ曲がったはずの四肢は、ちゃんと元通りになっている。血だまりに沈んだはずの頭もだ。

「彼ら」は現実の死の瞬間まで、こうやって何度も未来の死をなぞっていく。それを見るのは、正直あまり好きじゃない。

僕は額の冷や汗を拭った。

「死ぬ本人以外の幻視は見えないんだ。だから時間も、どんな車にはねられて死ぬかもわからない。ただ、近いうちに同じことは絶対起きる」

「絶対？」

「絶対。止めようとしても無駄なんだよ。こんな話、みんな信じないし……」

今まで具体的にどんな苦い目にあったか、鈴さんに話す気にはなれない。ベンチに座る鈴さんにはなんでも話せるのに、僕の知らない彼女には言いたくない。簡単にこっちを覗《のぞ》きこんで欲しくない、って思ってるのかもしれない。

遠くで信号が変わったのか、車が何台も道路を流れてくる。この時間、交通量はそう多くないけど、夜になれば運送トラックがスピードを出して通行するとも聞く。

鈴さんは行き交う車両を見ながら、「うんうん」と頷いた。

「なるほどね。大体わかった……気がする」

僕は彼女の言葉を聞き流す。

鈴さんは、どうやら荒唐無稽な話に嫌悪感を見せる性格じゃないらしい。

それにはちょっとほっとしたけど、でも「ここまで」だ。普通の常識ある人間は、「わかった」「大変だね」と続けて、最後になんにでも使えるような慰めをつけ足して話を終わらせる。こうすれば良心は痛まないし、逆にそれ以上踏みこむには、労力を使うからだ。

僕は溜息を一つつくと、気分を切り替える。

鈴さん自身の幻視については、どうにか助けられないか考えよう。まだ時間もあるはずだ。僕は彼女に軽く手を挙げた。

「鈴さん、悪いけど僕はこれで――」

「あ、ちょっと待って。張りこみするから、もうちょっと特徴教えて」

「………………は？」

今、なんて言ったんだこの人。

「二日くらいなら何とかできると思うし。まだそんなに寒くないからいけるかなって。近くにコンビニがあるからご飯も何とかなるし……」

「……は？」

「あ、トイレもちゃんと断ってから借りるから、平気だよ」

「そういうことは心配してない！」

突然の僕の大声に、鈴さんはびくっとする。驚かせたのは申し訳ないけど、今のは普通突っこむだろ。

何なんだこの人……信じる信じないじゃなく、変なところに飛びこんでくるぞ。

「二日って長いよ。こんな路上で張りこむなんて無理だ」

「でも刑事さんとかはやってるよ」

「鈴さんは刑事さんじゃない」

この人と話してると、小学生と話してる気分になるな……。怪訝そうな顔になる鈴さんに、僕は苦い顔で言い直した。

「初対面の人間の、本当かどうかもわからない話に、二日も張りこみするなんて正気じゃないよ」

「そう？」

鈴子さんはぐるりと辺りを見回す。午後の街中は、車通りはあるけど歩いている人はまばらだ。その中には当然、問題の女子高生の姿はない。ただ同じ姿形の幻視が横断歩道の前に立っているだけだ。

鈴さんの茶色がかった大きな目が、再び僕の方に戻る。

「私は、これが嘘《うそ》だとしたら、そんな話を初対面の人間に話す理由はあんまりないかな、って」

「………」

「少なくとも、私は神長君の様子を見て、本当のこと言ってるんだろうなって思ったよ。もし本当じゃなかったとしても、神長君は本当だって信じてるんだと思う」

「……君は」

鈴さんの言葉は、裏表の感じられないものだ。

不純物がない水のようで、すっと落ちて染み入る。

それは、愚かさとはきっと別種のものだ。

僕は奥歯をきつく嚙む。そうしなければ、何だかこれまで飲みこみ続けた弱音を、吐き出してしまうような気がしたからだ。

鈴さんは僕を見つめて、花のように笑った。

「それにほら、たった二日のことで人の命が救えるなら、やるしかないじゃない？だって人間は、八十年も生きるんだし！　いける――大丈夫だよ！」

大丈夫、と。

何度も聞いたその言葉。

小さくガッツポーズを作る彼女は、未来を知らない子供のようだ。

善良で、単純で――だからその分、力強かった。

本当に……何なんだ、この人は。

こんなの、降参するしかないじゃないか。

僕は彼女の視線を避けて顔を伏せる。笑い出したいような、逆に泣きたいようなおかしな気分だ。零れそうになる声を、僕は苦労して飲みこんだ。表情を作ってから、あらためて顔を上げる。

「わかった。じゃあ僕と交代で張りこみしよう」

「え、それは駄目だよ！」

「なんでだよ！」

「神長君に張りこみとかちょっと……無理なんじゃないかな？」

「それは僕が言ったことだから！　完全にお互い様だから！」

なんだこの人、どういう基準で動いてるんだ。よくわからないぞ。

けど僕の言い分は無視して、鈴さんは両手を前に出して「だめだめ絶対だめ」と断固たる姿勢だ。その頑固さの理由がわからないし、キャラが全然つかめない。この人友達いるんだろうか。いたとしたらきっと、心が海みたいに広い人なんだろうな。

でも……彼女が僕を信じて何とかしようって思ってくれてるのは、きっと本当だ。

だから、僕は僕でそれに応えるしかない。

「わかった。じゃあ張りこみは鈴さんに任せる。で、肝心の特徴だけど——」

僕は女子高生の幻視を見ながら、わかる限りの外見について伝える。最後に小さなメモを取り出すと、そこに走り書きをした。

「あとこれ、僕の携帯番号。何かあったら連絡して」

「うん。ありがとう。私の番号はこっちね」

鈴さんはそう言って、バッグの中からパステルカラーの名刺を差し出してくる。そこには「瀬崎鈴子」という名前と共に、携帯番号とメールアドレスが載っていた。

この人……女子のくせに自分の個人情報にめちゃくちゃ無頓着だな。初対面の男に名刺渡すとか、僕がストーカーとかだったらどうするんだ。

でも、連絡先がわかるのはありがたい。僕は名刺をバッグのポケットに入れた。

「じゃあね、鈴さん。ここまで付き合ってくれてありがとう。がんばって」

「うん！　神長君も気をつけて帰ってね！」

子供に向けるような挨拶をされて、僕は内心げっそりしながらもその場を離れた。一度だけ振り返ると、鈴さんはまだ大きく手を振ってる。

僕は仕方なく手を振り返して角を曲がった。鈴さんの姿が見えなくなると同時に駆けだす。

「まったく、あの人は……！」

張りこみなんて、現実的だけど非効率的だ。本当に何も手がかりがない時の最終手段だ。

幸い僕は「誰が死ぬか」を見ている。なら、まだどこかで生きてるその人間を見つけ出してしまえばいい。僕は走りながら携帯を取り出す。

「都内、高校、ブレザー……と」

画像検索で出てきた写真を、僕はどんどんスライドしていく。中には全然関係ない校舎の写真とかも混ざってるけど、それはスルーだ。襟の形、リボン――そんなものから僕は、山ほどある画像を絞っていく。

そして出てきたのは――

「あった」

見つけた。二駅先にある女子校だ。ここからならそう遠くない。まだ下校時間には間に合うはずだ。

僕は最寄り駅へと走る。頭上を通る高架を見上げながら、手を振る鈴さんの姿を思い出した。

二日も路上で張りこみするなんて、まったく普通じゃないだろう。

でも僕は、なぜだか彼女がそれをやり遂げてしまう気がして――ただただその馬鹿げた挑戦を阻止しなければと、思った。

問題の女子校は、小さな駅から坂道を少し上ったところにあった。

下校時間にはまだ早いと思ったけど、行事の関係か早く終わる日だったらしい。門前に到着すると同時に、中からは見覚えのある制服の女の子たちが湧き出てくる。

弾むような彼女たちの声を避けて、僕は門が見える建物の陰に陣取った。

「結局僕も張りこみか……」

こんなとこ、鈴さんには絶対見せられない。「駄目だって言ったのに！」と騒ぎになって警備員を呼ばれるに違いない。

実際、門が見えるようなところにいれば、隠れてても隠れてないようなもので、僕は下校する女子高生たちの好奇の視線を浴びる羽目になった。僕を見る度に、彼女たちがくすくすと笑うのは、気のせいだと思いたいけど気のせいじゃないだろう。

「くそ……こういうの久しぶりだな」

未来の死を止められるのは自分しかいない——そう思っていた頃には、張りこみも尾行も散々やったんだ。だからって上手くなったわけじゃないけど、ある程度人に怪しまれる気まずさには慣れている。

そうして帰っていく女子高生たちの顔を、チェックすること約十五分。

「……あれか」

長い髪を二つにわけた少女。友達と談笑しながら帰っていく彼女は、確かに僕が幻視で見た当人だ。

でも、その表情はまったく違う。いたって快活そうな様子は、二日以内に車に飛びこむようには思えない。これ、人違いじゃないだろうな……。

僕は不安になりながら、彼女たちが通り過ぎるのを待って、その後を追った。

高い声で交わされる会話が、途切れ途切れに聞き取れる。

女子高生同士の話は、よくわからない固有名詞だらけだ。でも彼女たちは、一言交わす度に声を上げて笑いあう。そういう友人との他愛もない会話ってのは、僕が失って久しいものだ。なんだか相手が女子高生だからって以上に遠いものを感じて、僕は重くなる息を飲みこんだ。

そうしているうちに、彼女は友人たちと別れて一人になる。

向かっているのは、鈴さんが張りこみしている七号線の方角だ。

彼女が飛びこむのは、今日か明日か。その間に、彼女の心境を一変させる出来事が起こるに違いない。彼氏に振られるとか、友人に裏切られたとか、大事なものを失ったとか、後は……宿題を忘れたとか……

「……想像力が貧困すぎる」

だめだ、僕は。これが人付き合いをしてない弊害か。

でも僕にとって人の死は身近でも、人が「死にたくなる理由」はあんまり想像がつかない。

死っていうものは多くが理不尽で、ある日突然やってくるものだ。人の意識の隙間を縫って現れる。そして、抗うことはできない。

だから彼女も――きっと逃げられない。

僕はそう思いながら、一定距離を開けて女子高生を尾行した。

辺りは碁盤の目状になっている住宅街だ。彼女は一見体育会系には見えない細身だけど、結構歩くのが速くて何度も引き離されそうになる。僕は小走りになって彼女の後を追いかけた。

「……まずいな」

このままずっと行けば、鈴さんのいるあの横断歩道に出てしまう。

今のところ車に飛びこむきっかけは全然ないけど、人にはどんな心境の変化が訪れるかわからない。ましてや鈴さんと出会ってしまったなら何が起きるかわからない。

たとえ飛びこむのが明日であっても、鈴さんなら知らない女子高生にタックルくらいかましかねないし。こんなことなら外見特徴とか教えなければよかった。会ったばかりの僕にこれだけ心配される鈴さんってなんなんだ、という気もするけど、そこは大体彼女のせいだろう。

それに——何だかんだで、やっぱり僕は鈴さんにこれ以上「彼ら」に関わって欲しくないんだ。

僕のことを信じてくれてる鈴さんだけど、それは「彼ら」の存在に確信を持っているってほどじゃないだろう。ただ僕が真剣だから信じてくれてるだけだ。

けど——一度そこを踏み越えて幻視を確信してしまったら、鈴さんは全部の「彼ら」に関わろうとする気がする。それも必然的に僕を巻きこんで——そんな事態はご免だ。

角を曲がっていく女子高生を、僕は走りながら追いかける。

こんなところ誰かに見られたらストーカーとか言われそうだ。けどあの幻視の通り、現場に向かうなら、彼女はこのまま大通りに沿って西に歩いてくはずだ。

——鈴さんと出くわすまで、もう一キロもない。

このまま尾行をするか、それとも……

ブレザーを着た背中を見ながら、僕は迷う。

たとえあの女子高生が近い未来、死を選ぶのだとしても。
知らないふりをすればいい。今までもずっと見ないふりをしてきた。
鈴さんだって、本当にあの横断歩道で二日も張りこみするかどうかわからない。
関わらない方がきっと平和だ。死の幻視なんて、普通は見えないものなのだから。
でも——

道路に飛び出す彼女の幻視。
細い体がおもちゃのように宙を舞い、そして道路へと叩きつけられる。
その結果としてあるものは、ただの死だ。
突然で、ひどく理不尽な——
「…………っ」
胸が詰まる。
息が苦しい。脳裏を判然としない映像がいくつも流れていく。
路上に広がる赤い血。動かない体。
悲鳴。子供の泣き声。遠くから聞こえるサイレン。

そんなものは、もう――

暗くなりかけた視界に、けど、真っ直ぐな声が響く。

『人の命が救えるなら、やるしかないじゃない？』

僕の心に届く言葉。

その声が、聞こえる。

『大丈夫。一人にはしない』

それこそが、僕と世界を繋《つな》ぐ欠片《かけら》だ。

「……っ、あ、あの！」

喉につかえかけた言葉が滑り出る。

まるで引きつった声を聞いて、僕はそれが自分の発したものだと気づいた。怪訝そうに振り返った女子高生に、あわてて続ける。

「あの、君！　ちょっと待って！」

女子高生はちらりと僕を見て、眉をひそめた。

「なに……あたしがどうかしたの？」

「その先に行かない方がいい」

「は？」

一日に二回も初対面の人間に話しかけるなんて、はっきり言ってどうかしてる。こんなのきっと鈴さんのせいだ。

だから、もうこれで最後にする。僕は必死で止まりそうな頭を回転させた。

「行くと、君は絶対後悔するんだ。君の周りの人間も」

うまい言い方が思いつかない。女子高生はあからさまに顔をしかめた。

まずい。これは絶対信じてくれてない。駄目だ。何とかしないと。何とか……。

「い、行っちゃ駄目だ。行くと……命に関わる」

「何それ。そういうの学校で流行ってるの？　言っとくけど、面白くないよ」

彼女の目が苛立ちと嫌悪で吊り上がる。今まで何度も見てきたそれに、僕は内心たじろいだ。言うべき言葉が霧散する。

でも、それでも止めなきゃいけないんだ。僕は両拳をきつく握った。

「……悪戯じゃなくて本当なんだ……。このままだと、君は死ぬかもしれない」

信じられない話だとはわかってる。

それでも少しでも用心してくれればいい。そう祈って……けど彼女は冷えきった目で僕をにらんだ。小さく吐き捨てる。

「気持ちわる！」

「……っ」

止める間もなく女子高生は走り出す。僕はあわててその後を追った。けど、彼女の姿はたちまち角の向こうに見えなくなる。その先はもう七号線だ。僕は走る速度を上げ、角を曲がった。

――そして絶句する。

「ちょっ……！　バスかよ！」

ちょうど来たらしい路線バスに、女子高生が飛び乗るのが見える。

そのまま僕の目の前でバスは無情にも発車した。行き先表示を見た僕は、バス停に駆け寄って路線図を確かめる。

「げ、やっぱ七号線か……」

遠ざかるバスは、この後すぐに七号線を西に行き、最終的に二つ先の駅につく。鈴さんが張っているのは、その途中にある横断歩道だ。

僕はバスの後を追って駆けだす。

「くそ！　さすがに予想外だよ！」

ひょっとして僕が声かけたからバスに乗ったのか？　だとしたら裏目に出たにもほどがある。このまま駅までバスに乗っててくれたらいいんだけど、あいにくそんな保証はない。

僕は走りながらスマホを取り出した。バッグのポケットからは鈴さんの名刺を。

本当は嫌だけど、そうも言ってられない。僕は名刺に書かれた番号を素早く入力する。少しの間をあけて呼び出し音――じゃなくて、童謡が流れ始めた。

「って、何で呼び出しが『とおりゃんせ』なんだよ！　怖いよ！」

しかもインストじゃなくて、ご丁寧に小さな女の子の声が歌うとおりゃんせだった。めちゃくちゃ怖い。嫌がらせか。この名刺自体が罠《わな》なのか。罠だとしたら鈴さんのキャラ、イメージ変わり過ぎだろ。

とおりゃんせを真剣に聞きたくない僕は、耳からスマホを離して走る。けど一向に鈴さんが応答する気配はない。番号を間違えたかと思って名刺を見直したけど、そんなこともない。

「あの人、着信音とか切ってるんじゃないか……!?」

だとしたらもうあてにならない。僕は体のあちこちが上げる悲鳴を無視して、とっくに見えないバスの後を追った。七号線に出ると広い歩道を走り始める。

——まったくもって最悪だ。

見ないふりをしていたのに、鈴さん一人に声をかけたばっかりに。

女子校で張りこみする羽目になるわ、女子高生に蔑みの目で見られるわ、怖い童謡聞きながら全力疾走するわで散々だ。今すぐ走るのをやめて、家に帰ってシャワー浴びて寝たい。

でも、ここで降りたら意味がないんだ。——僕はそんなぶつぎれの思考をしながら、ひたすら七号線を走っていった。

車道は大きい道路だけあって交通量も多い。

けど、どうやらバスは降りる人間が他にいたみたいで、百メートルくらい先で止まっているのが見えた。距離を詰めるなら今のうちだ。そう思った矢先にバスは再び発車する。

「つ、つらい……」

これ、やっぱり横断歩道で張りこみしてた方が正解だったんじゃないか？　でもそんなこと思うだけで鈴さんに負けた気がするから嫌だ。ってか、あの人まだ電話でないし。とおりゃんせが鳴り続けてるし。

僕は必死にバスを追いかける。でも、いくら頑張ったってしょせん人の足だ。バスの背はみるみる遠くなり——だけどまっすぐに伸びる七号線のずっと先で、また止まった。中から見覚えある女子高生が降りてくる。彼女はそのまま、周囲を気にしながら近くの古着屋に入っていった。

——そこは、鈴さんが張っているはずの横断歩道の前だ。

「……っ！　鈴さん！」

呼び出し中のスマホを見る。留守電にもならないし、これは一回切ってかけなおした方がいいかもしれない。

だがその時、不意に画面が変わって明るい声が響いた。

「もしもーし、瀬崎です」

「鈴さん！　今のバスから降りた子！」

「あ……大丈夫だよ、神長君」

何が大丈夫なんだろう。不安になるけど、僕だってことはわかったみたいだ。よかった。それについては斜め上にいかなくて済んだ。

「僕だけど、古着屋に入ってった子を見たよね？」

「古着屋？」

「すぐ目の前にあるだろ。そこの――」

そこまで言って、僕は失敗に気づいた。

僕は、例の横断歩道のどっち側に女子高生の幻視がいるのかを言っていない。

はねられる女子高生の姿から目を逸らしていたから、ちゃんと指差さなかった。

だからきっと――鈴さんはまだ、さっきと同じ横断歩道の反対側にいるままだ。

「……まずい」

僕はぞっと青ざめる。

――いや、まだ間に合うはずだ。

古着屋に入ったってことは、服を見ている時間があるだろう。その間に追いつけばいい。

けど直後、数百メートル先の古着屋から、入ったばかりの女子高生が出てくる。

って、なんでもう出てくんの⁉　もっとゆっくり見なよ！　気に入るものがあるかもしれないだろ！

「す、鈴さん！」

僕は苦し紛れの叫びを上げる。鈴さんの返事がすぐに聞こえる。

「うん。――見つけた」

澄んで響く声。

今まで聞いた声の中で、それはもっとも綺麗なものとして、僕の耳に届いた。

もし僕がもっと子供だったら、それを「運命を変える声」と思ったかもしれない。

彼女の声には、それだけの力がある。

彼女の言葉もそうだ。だから僕は、ここにこうしていられる。


でも……相手はあの鈴さんだ。横断歩道をあわてて渡ろうとして、自分が車に轢《ひ》かれるかもしれない。せめて注意喚起をしなければ。

「鈴さん、ちょっと待――」

ぷつりと、スマホの通話が切られる。鈴さんが切ったんだ、と理解する頃には、もう僕は横断歩道まで百メートルほどのところにまで来ていた。

女子高生は、幻視と同じ場所で、幻視の通りに暗い顔で足下を見ている。

さっきまでは、あんな様子じゃなかったのに。古着屋で彼氏に振られたり、友達に裏切られたりしたんだろうか、って……あ。

「ひょっとして……僕のせいか？」

僕が、あんな忠告をしたから。

だから気にして、暗い顔でうつむいて——ああ、やっぱりそういうことなのか？

「……っ、でも！」

でもそんなの自殺するほどのことじゃないはずだ。ならやっぱり他に何かあるのか。

距離はあと五十メートル。

女子高生は、歩行者信号をちらりと見上げる。信号はまだ赤で、車通りはまばらだ。

けどその時——反対側の歩道から子供の声が上がる。

「あ、お姉ちゃん！」

歩道を行く幼稚園児の行列から上がった声は、三歳くらいの小さな男の子のものだ。

彼は道路の反対側に姉の姿を見つけて飛び上がる。そのまま引率の大人の制止を振り切って、車道へと駆け出した。

「タケル！」

女子高生が悲鳴を上げる。

彼女は弾かれたように道路に飛び出そうとする。

そこから先の未来は僕のよく知るものだ。

女子高生は弟を庇《かば》おうとして車にはねられる。

僕は思わず顔を背けようとして——

「駄目！」

伸びてきた細い腕が、男の子の襟首を摑んで歩道に引き戻す。

そんなことをできるのは、一人しかいない。

「鈴さん！」

鳴り響くクラクション。

男の子の鼻先を、間一髪で車が掠《かす》めていく。弟の無事に女子高生の足も緩んだ。

止まろうとよろめく彼女に、けど白いワゴン車が迫る。

踏まれるブレーキ。彼女はまだ動けない。

そのまま宙を舞うはずの彼女に——僕はついに、追いついた。

「危ない！」

彼女の腕を摑んで、全力で引っ張る。

そのまま僕は格好悪いことに尻餅をついた。女子高生ともつれ合って歩道脇のアスファルトに転がる。頭のすぐ横を車が通っていって、全身が一瞬で冷えきった。

けど……汗で濡れた体とは反対に、頭の中は焼けるほど熱い。

僕は女子高生の下敷きになったまま、空を仰いで息をついた。

「なんなんだ、もう……最悪だ」

体はあちこちぶつけてズキズキと痛む。走り続けた脇腹も肺も同様だ。「きもい」って言われるし、服は汚れるしでいいことがない。

そして極めつけに——今の気分は最高だ。


「神長君！」

鈴さんの声が僕を呼ぶ。

日の光を遮って、彼女が僕を覗きこんだ。ふわふわと長い髪先が僕の顔に触れる。

「神長君、大丈夫？」

「……おかげさまでね」


僕が越えられなかった壁を、いともたやすく越えてしまった彼女。

まるで馬鹿馬鹿しい奇跡だ。少なくとも、僕にとっては。

その彼女は僕に、白い手を差し伸べる。

透き通ってはいない、現実の彼女の手。

ベンチの隣じゃなくて、向き合っているこの距離。

僕は彼女の確かさに息を飲む。

「神長君？」

「……なんでもないよ」

僕は動悸《どうき》のやまない胸で深呼吸をして、彼女に手を伸ばす。すりむけて血の出た掌を、白い手に重ねた。

「ありがとう、鈴さん。……あと、大事なことを一つお願いしたいんだけど」

「なになに？　言ってみて？」

「呼び出し音変えてくれ」

「え……気に入ってるのに」

これが僕たち二人の、「彼ら」にまつわる話の始まりだった。

4

『神長は本当、面倒見がいいよな』

そう言った学生は、僕が知らないだけで同じ大学なのかもしれない。そのまま手を振りながら歩き去っていく。

場所は駅前のアイスクリーム屋のベンチだ。僕は「彼」と並んでアイスを食べていた。僕はカップのダブルで、「彼」はコーンのトリプルだ。チャレンジャーにもほどがあると思う。僕は、隣でアイスを食べている「彼」を見上げた。

『こんなところで遊んでていいの？』

『平気。アイスうまいし』

そう言って「彼」は、バランスを取りながらアイスをほおばる。

落としそうだな、と思った直後、一番上のアイスがアスファルトの上にぼたりと落ちた。幸せそうな顔から一転、心底がっかりする「彼」に、僕は呆れる。

『だからカップにすればって言っただろ』

『カップは食べられないけど、コーンは食べられる』

『落としたアイスは食べられないよ』

僕が真実を指摘すると、途端に「彼」は悲しそうな顔になった。黙々と、残された二個を食べ始める。

その時、「彼」の携帯の着信音が鳴った。不細工なぬいぐるみのストラップを揺らして、彼は電話に出る。

『はい。俺だけど』

そこから先を聞かずに、僕は立ち上がる。

駅前の通りの中、走っていく「彼ら」が見えたからだ。中学生の制服を着た少女は、テニスラケットを入れたバッグを肩に、全力で駆けていく。

そしてそのまま道路へと飛び出し——

『……っ、新しいのが見えた。多分そう遠くない未来』

『お、わかった』

二つ返事で「彼」は立ち上がる。僕たちは駅前の通りへと向かい——

夢は、そこで途切れた。

そして目覚めた僕は、いつものように何も覚えていない。

駅前の大通りに面したカフェは、平日午前であってもそこそこ人で埋まっている。アーケードやアイスクリーム屋のある北口を表側だとすると、こっちの南口はいわば裏側だ。そのせいか、カフェの中もいくらか落ち着いた空気になっている。子供を幼稚園に送った後の母親たちや、外回りの営業マン、ノートパソコンを開いて仕事をしている人など雑多な客たちの中に、大学生の姿は意外と少ない。

多分、この時間に起きている大学生は、講義に出てるかバイトに行ってるかで、そうでない人間はまだ寝てるからなんだろう。気のせいか周囲からちらちらと視線を感じつつ、僕は運ばれてきたカプチーノを一口飲む。黙って砂糖を追加する僕を、鈴さんはまじまじと眺めた。

「あの、鈴さん。そんなに見られると落ち着かないんだけど」

さっきから、彼女はじっと僕の一挙一動を観察している。嫌がらせかわからないけど、めちゃくちゃ落ち着かない。公園のベンチとはえらい違いだ。

色々ありすぎた昨日から一日。鈴さんにメールで呼び出された時には、正直無視したいと思った。けど無視したら無視したで、何かとんでもないことされそうだ。だから仕方なく呼び出しに応じている。

鈴さんは、僕の苦情にはっと我に返った。

「あ、ごめんごめん。神長君の顔が面白くて」

「そういうことはオブラートに包もう！」

「オブラートって最近の若い人は実物見たことない人のが多いらしいけど、神長君はどう？」

「見たことないけど知ってるし、鈴さんも僕と同じ世代だろ！」

なんだもうこの人！　知ってたけど普通の会話ができないな！

大声のせいでまた周囲の注目を集めてしまったので、僕はあわてて声のトーンを落とした。

「で、話って？」

大体予想がつく気もするけど、区切りはつけておかないと、延々中身のない雑談をしてしまいそうな気がする。僕の苦い声を聞いて、鈴さんは反省してくれたらよかったんだけど、まったくそんなことはなかった。

「ええと、まず神長君の家族構成から聞いてもいいかな」

「うん、それを聞きたがる理由から僕は聞きたい」

本題が来ると思ったら、斜め上にも程がある。僕はカプチーノを一口飲んで、もう一杯砂糖を入れた。鈴さんは「うーん」と悩んでいる状態だ。どうせ理由なんてないんだろう。仕方なく僕が折れることにする。

「家族構成は普通。両親と三人暮らしで兄弟はいない」

「大学生って言ってたけど、どこの大学か聞いてもいい？」

「恵成《けいせい》大学」

この駅からバスで十分くらいの大学名は、鈴さんも聞き馴染みがあるんだろう。彼女は大きな目を少し瞠《みは》って……頷く。

「そっか……そうだよね。うん、ちょっとだけわかった気がするよ」

「何がわかったのか僕はわからないけど、ありがとう」

「あと、昨日言ってた『見えるもの』について、聞いてもいい？」

「……ああ」

流れるように向けられた質問に、僕は遅れて頷く。

何が見えるか、はっきり言わなかったのは鈴さんの常識的な部分だろう。この人はおかしなところが多いけど、人として基本的なラインは外してない。こんな人の多いところで、耳を疑われるようなことは口にしないってことだろう。

そう安心してカプチーノに砂糖を入れる僕に、鈴さんは続けた。

「あれは、どれくらいの頻度で見えるものなの？　的中率ってわかる？」

その疑問はもっともだ。僕は鈴さんがまともな人間らしい発言をしたことに、内心感激しつつ答えた。

「見える頻度は、正直よくわからない。さすがに死ぬ人の全員が見えるってわけじゃないと思う。それだったらもっと数見えてもいい……気がするし」

そんなにいっぱい「彼ら」が見えたらたまったものじゃないけど、僕に見えるのはせいぜい三キロ四方に一人いるかいないかだ。ただ、人口密度が高い場所なら、それなりに割合も高くなる、気がする。この駅がある沿線なんかはまあ、お察しだ。

僕はつい、とウィンドウの向こうに真新しい駅ビルを見る。

「的中率は……多分百パーセントだ。少なくとも、僕の知る限りで例外はない」

その言葉を口にした僕は、砂利を噛むような苦味を覚える。

僕は、「彼ら」に関わったせいで、年の割に人の死を見過ぎているのかもしれない。麻痺《まひ》しているということ自体が鈍痛をもたらすようで、そっと目を閉じた。

鈴さんの声だけが届く。

「それは、見えた状態を覆しても、別のところで帳尻があっちゃうってこと？」

「そこまでじゃない、とは思う。っていうか正直、僕の記憶がある範囲では、今まで覆せた前例がないんだ。多分昨日が初めてで、だからそれに関しては答えられない」

実は僕も同じことが気になって、ここに来る前に昨日の女子校を見に行った。

結論から言えば、当の女子高生は無事に登校しているし、横断歩道にいた彼女の幻視も消えている。でも、だからといって今日も無事とは限らない。ぬか喜びさせたくないから、鈴さんには黙っているつもりだ。

感情を抑えての答えに、けど鈴さんはぱっと笑顔になった。

「初めて成功したんだ？　やった！」

「………」

「あ、神長君は用心深い方？　でも喜べる時に喜ぶのって、心の栄養になるよ！　私たちは昨日頑張ったし、無事成功した！　やった！　だよ」

「う、うん」

「はい、喜んで！　はい！」

「や、やったー」

「笑顔が硬いよ！」

「やったー！」

「――お客様、申し訳ありませんが、もう少しお静かにお願いいたします」

「すみません……」

店員さんに怒られてしまった。いや、そりゃ普通怒るよな。お茶を飲みに来てガッツポーズで大声上げてる客がいたら、まずよそでやれって思う。

二人でしゅんと小さくなったのも束の間、店員さんが離れていくと、鈴さんは顔を上げた。

「じゃあさ、神長君」

「鈴さん、このパンケーキおいしそうだよ」

「ほんとだ。すっごく美味しそう……じゃなくて！」

あ、また大声上げたな。店員さんが向こうから嫌そうな顔で見てるぞ。でも鈴さんもさすがに大人なので、注意される前に自分で声のトーンを落とした。テーブルの上に乗り出し、僕のカプチーノを飲みたいんじゃないかというほど顔を近づける。

そして、言った。

「じゃあさ……もっと命を救うことってできるかな」

無垢《むく》な声のそれは——けれど悪魔の囁《ささや》きだ。

僕は、わかっていたにもかかわらず瞬間息を詰めた。できるだけ表情を変えないようにしてかぶりを振る。

「……いや、それはちょっと」

「なんで⁉」

「なんでって言われても。たまたま昨日が上手くいっただけだ。基本的にうまくいかないし、それを置いといても、やろうとする過程で嫌な目や危険な目にもりもりあう。あれのことを僕は幻視とか『彼ら』って呼んでるけど、関わるのはまったくもってお勧めできない」

これは、実体験に基づく忠告だ。昨日のことだって、一歩間違えれば僕や鈴さんが車に轢かれていた可能性もある。人の死に首を突っこもうっていうんだから、それくらいのリスクがあるのは当然だ。

「今まで成功した記憶がないって話で察しがつくだろ？　実のところ、前から疑っていたけど昨日のことで確信した。僕が見る『あれ』は、僕の行動を既に含んでいる」

「既に含んでる？」

それは、今まで考えた予想の中でも最悪と言っていい部類だ。やっぱりそうか、と思ったのは昨日で、あれから一人になって、時間が経てば経つほどその事実がのしかかってきた。

首を傾げる鈴さんに、僕はできるだけ平静を心がけて説明する。

「昨日、あの女子高生がバスから降りてきただろう？　でも彼女がバスに乗ったのは、実は僕が話しかけたからなんだ。つまり僕がいなければ、彼女はあのタイミングで横断歩道にはいなかった」

「え。それって……」

「うん。言ってしまえば、僕が見たものによって、僕自身がどんなに迷ってどう動いても、それは既に見えた未来に含まれてる。相手を助けようと僕がすることも……全部最初から織りこみ済みなんだ」

以前から「僕が何をしても、決まった未来は覆せないものかもしれない」とは薄々疑っていた。

けど、事態はそれより悪い。僕の行動が織りこみ済みで未来が見えているということは、僕が接触したことが原因で、死ぬ人間もいるってことだ。

まさしく『僕が見たもののせいで、人が死ぬ』だ。これは手詰まりも同然だろう。助けようと思ったせいで死なせてしまうなんてたちが悪いにも程がある。

鈴さんはそれを聞いて、茶色がかった瞳を大きく見開いた。

今の説明でわかってくれたんだろう。理解が早いのはありがたい。僕はカプチーノのカップに砂糖を入れる。

「そんなだから、昨日の成功はきっと宝くじなみの当たりだ。で、それが偶然一回目に来たってだけで、この後は千回失敗するって思った方がいいよ。見も知らぬ他人のためにそこまでするのは、正直現実的じゃない。……心に来る」

——これに関しては、いくら言葉にしても伝わらないかもしれない。

精神へのダメージは、自分の身になって味わわなければわからないことだ。他の誰が聞いたって、僕が薄情な冷血人間で、鈴さんの方が正しいって思うだろう。

でも、綺麗ごとが通用しない現実だってある。そういうものはえてして、誰にでも見えるような明確な壁じゃなく、じりじりと心を蝕《むしば》む毒として現れるんだ。

「僕はできれば、僕絡みで人にそういう思いをさせたくない。それは罪悪感とかじゃなくて、単に後味の悪い思いをしたくないからだ」

今は期待と野望に満ちた鈴さんでも、何度も失敗すればやがて僕や自分をなじりたくなるだろう。そんな行く先は御免だ。それよりも鈴さんには、もっと大事なことがある。

すなわち——自分の死を回避するという使命が。

僕が今日呼び出しに応じたのも、そっちの方が目的だ。

カップを置くと僕は本題を切り出す。

「むしろ鈴さんには、自分のことについて気にして欲しいんだ。とりあえず重要なのは、昨日僕と出会ったあのベンチ。あそこには絶対近づかないで欲しい」

とりあえず、それさえ守ってもらえれば何とかなるかもしれない。

僕は顔を上げ――だが鈴さんの視線に気づくと息を飲んだ。

じっと、真っ直ぐに僕を見つめる目。

そこに浮かぶ感情は、僕の知らない、わからないものだ。

僕の知らないことを知っている目。

穏やかな声が僕に届く。

「うん……神長君の視界は、今まで神長君に優しくなかったよね」

そっと、罅割《ひびわ》れに触れてくるような言葉。

事実と言うにはそれは、あまりにも柔らかく温かだ。

渇いた喉が小さく鳴る。そのまま何も言えないでいる僕に、鈴さんは微笑んだ。

「でも、神長君の行動が含まれちゃうっていうなら、二人で動けばまた別の結果になるんじゃないかな。だから昨日も成功したって思わない？」

「……希望的すぎる。第一、僕は人助けに興味はないよ」

「そうかな。今の話を聞くと、神長君は何度も誰かを助けようとチャレンジしてきたように聞こえるけど」

「…………」

「神長君が私を止めようとするのは、自分が辛い思いしたからだよね。でもそれは、やっても駄目だってわかるくらい何度も頑張ったからでしょ。そういうの、人助けに興味がない人のすることじゃないと思う」

僕は何も言わない。目を背けたくなる光景も、浴びせられた怒声も思い出してなんかいない。

白い指が、テーブルの上で組まれる。

桜色の爪は薄い貝殻のようで、うっすらと淡い光を反射していた。その爪だけを見つめる僕に、彼女は言う。

「だから、ごめんね」

「……なんで鈴さんが謝るんだよ」

「来るのが遅くなって」

白い指が解かれる。その掌がテーブルの上に差し出される。

「神長君、今頃遅いってと思うかもしれないけど、私が来たよ。あなた一人じゃできないことも大丈夫。私がいるよ」

真摯な言葉。差し伸べられた手。

それは全て、僕に向けてのものだ。

ずっと同じベンチの端と端に座るだけだった彼女が、僕の目を見て、僕のために選ぶ言葉。

「だから、もう一度一緒に挑戦させて」

真っ直ぐで純粋な意思。

僕と世界を繋ごうとする手。

――これを愚直と言うなら、愚かなのは僕の方だ。

視界が潤む。胸が熱くなる。

泣き出しそうな感情を、僕は顔をしかめてごまかした。不本意そうに、内心迷いながら、鈴さんを見据える。

「じゃあ、もう一度だけ言っとくけど……きっと僕たちは後悔する」

「わかった。その時は一緒に後悔しよう」

「僕は嫌なんだけど」

「じゃあ、また一緒に喜べるように」

祈りのようにそう言って、鈴さんは笑う。

透き通るようなその笑顔も、やっぱり僕に向けられたものだ。いつもの静かな横顔とは違う、生きた彼女の表情。僕はあらためて、公園の彼女を思い出す。

透き通った未来の彼女。

やがて訪れる死の姿。

——一人では「彼ら」の運命を変えられないというなら、二人で挑むしかないのかもしれない。

けどそれは、他の誰よりもまず、鈴さん自身の死を覆すためにだ。

僕は長く迷った末、彼女の手の上に、自分の手を重ねる。

「どちらかが折れたら、そこで終わりにするから。そしたらそこからは、お互い自分のことだけを考えるんだ」

「わかった」

不器用な僕の手を、鈴さんはぎゅっと握る。
その手は嘘のように熱を持っていて――涙と同じ温度だと、僕は思った。

5

差し出された手は大きかった。「彼」は、僕の目を見て言う。

『そりゃ嫌な思いいっぱいしたよな』

僕の話に向き合う目。かけられた言葉は、僕の苦労に対してというより、僕が抱えこんだ傷に対してのものだった。

踏みこみ過ぎない、ただそっと触れるだけの優しさ。

すぐには何も言えない僕に、「彼」は笑顔を見せる。

『でも、そんな中で俺に声かけてくれてありがとな』

『それは別に……ただの勢いだよ』

『じゃあ勢いのおかげで助かったよ』

そんなことを冗談めかして言う「彼」を、僕は怪しむ。

今まで僕のことを笑顔であしらう人間はゼロじゃなかった。だから「彼」もそうかと思ったんだ。差し出された手を取らないままの僕に、けど「彼」は気にした様子もない。警戒して腕組みをした僕に、「彼」は苦笑した。

『あと……せっかくだから俺と一緒に挑戦してみないか？』
そんなことを言って、「彼」はもう一度差し出した自分の手を示す。
『挑戦？　何に』
『俺にしてくれたのと、同じことを他の人にも』
穏やかな、けど静かな決意を感じさせる声音。
思わず息を飲む僕に、「彼」は続ける。
『やってみよう。……大丈夫だって。お前を一人にはしないよ』

そんな言葉を、僕はずっと誰かから聞きたかったのかもしれない。
けどその時はまだ半信半疑で、「彼」の手を取らないままで。
ただ二人で、何となくお好み焼きを食べに行った。
そうして僕と「彼」は一緒に行動しながら、たくさんの「彼ら」に向き合って――
あんな結末に、至った。

※

幻視で見えた死を覆すという目的は決まったけど、最初の問題は誰を助けるかだ。僕としては鈴さんを第一にしたいんだけど、あの幻視の薄さから言って、多分当分先の話だろう。

鈴さんは、テーブルの上に身を乗り出してくる。

「で、ここから一番近くで見えてるのは誰かな？」

「そういう選び方するのか……」

「だって、どこかで基準を決めとかないと難しいでしょ。あ、それとも近日起こりそうなものの方からがいいかな」

「近日って。映画じゃないんだから」

幻視は「彼ら」自身の濃さによって現実になるまでの時間がわかるけど、今のところ一番濃く見えてるのは、あの手芸屋の老婦人だ。

「近日順だと防げないから、他のを選ぼう」

「防げないって、どうして？」

「多分、自然死だから」

気まずい話ではあるけど、一応幻視の確かさを知ってもらうには必要なことだろう。

僕は、アーケード街の店の名を出して、老婦人のことを説明した。

　鈴さんは眉を曇らせる。

「あのおばあさん、私が大学入学したときからいつもそこに座ってたんだよね」

「眠るように亡くなるってのが、慰めになるかわからないけど、少なくとも苦しそうではなかったよ」

「うん……」

　仕方がないっていうのは不謹慎なのかもしれないけど、これは飲みこんでいかなきゃいけないことだ。店員さんが来て水を注いでくれたのを機に、僕は沈痛な空気を打ち切って話を戻した。

「で、それ以外はどれも幻視だってわかるくらいには透けてる。その透け具合でどれが近そうかっていうのが大体わかるんだ」

「なるほどね。透明度が下がるってことが、イコール現実に近づいていくってことなのかな」

「そうだね。今見えるものには、極端に薄いのもあるし……」

　そう言えば女子大近くの住宅街でも、ＯＬらしい「彼ら」を見かけたけど、あの薄さから言って下手したら半年くらい先かもしれない。スケッチブックが透明な板にも見える現状じゃ、あれを防ぐっていうのは気の長い話だ。

「他に近日っていうと……あ、あったか」

僕はちらりとウィンドウ越しに駅ビルを見上げる。鈴さんはつられて駅を見た。

「あ、人身が起きるの？」

「察しが早いね」

「だってこの路線多いし……」

鈴さんが大きく溜息をついたのは、日頃の通学でも思うところがあるからだろう。

確かにこの路線の人身事故の多さは都内でも有名だ。だからっていうわけじゃないが、事故を防げばみんな助かる。

ただ問題は――

「……先に言っとくけど、この件に関してはあんまりお勧めできない。深入りは禁物で、無理だと思ったら手を引くって先に約束して」

「え？　それは理由を教えてもらえる？」

「シンプルだよ。電車事故はリスクが大きいからだ。ほら、昨日のやつだって、下手したら巻きこまれ事故になってただろ？　でも相手が電車なら死亡率が更に跳ね上がる。一人を助けようとして三人が死んだら笑い話にもならない」

鈴さんの幻視がホームに見えないからって油断はできない。鈴さんの言葉を借りるなら、「僕の視界は僕に優しくない」からだ。どんなどんでん返しがあるかわからないから用心はしないと。

鈴さんは、ちょっと眉を寄せた困り顔で考えていたが、しばらくして頷いた。

「わかった……難しいね。けど約束するよ。神長君も、危ないと思ったらすぐに下がってね」

「僕は元々そうしてるよ……」

「私が前衛で、神長君が後衛って感じで」

「誰と戦闘するんだって感じだけど。まあ、とりあえず現場に行ってみよう」

会計を済ませて僕たちは店を出る。店員さんは騒ぎまくってる変な客が帰るってことでほっとしたみたいだ。僕も店の奥から常に店員さんが心配そうにこっちを見てくるのが気になってたから、ちょうどよかった。多分ここのカフェには二度と来られない。

会計は、自分の分は自分で払うって言ったんだけど、鈴さんが「呼び出したのは私だから！」とがんとして聞き分けてくれなかった。そういうことで払ってもらった。あとでメモっておいていつか返そう。

駅に向かって、信号待ちをしている間に鈴さんは言う。

「神長君、その幻視は、いつから見えてるの？」

「いつからかな……物心ついた時には見えてたと思う」

何がきっかけで、いつからかは憶えてない。気がついた時「彼ら」は僕の世界にいた。その現実と散々やりあって折り合いをつけてきた。

僕は目を閉じる——瞼《まぶた》の裏に、ふっと倒れている背中の映像がよぎった。

だがそれは不鮮明なモノクロ画像で、すぐにぼやけてかき消えてしまう。

時々見る夢と同じ映像。詳しいことは思い出せないけど、おそらく例の連続通り魔事件の時のことだろう。

そう思うのは、ちらちらとよぎる背中が、いつも同じ子供のものだからだ。

倒れて動かない、助けられなかった犠牲者の一人。思い出そうとすると、苦い絶望が胸の中に広がる。自然に息が浅くなり、くらりと視界が揺らぎかけるのを、僕はあわてて留めた。

忘れたはずの過去を覗きこみ過ぎてはいけない。一つ一つに囚われてしまえば、もう二度と歩き出せなくなる。薄情だとはわかっているけど、今の僕にはこれが精いっぱいだ。

信号が変わる。人の流れが動き出す。

人波に乗って歩き出す僕に、鈴さんは尋ねた。

「じゃあさ……今まで他に『一緒に何とかしよう』って言ってくれた人は？」

「他に？」

僕は穴だらけの記憶を振り返る。意図的に覚えていないことが多いって言っても、完全に全部を忘れているわけじゃない。僕は残る断片を振り返った。

「と言われても、子供の頃から大体一人だったんだよな……こんな話、普通は誰も信じないだろ」

「そうかな」

「そうだよ」

自分が死ぬ、って言われた人も、親しい人が死ぬって言われた人も、みんな大体似た反応だ。結局人は、理不尽な死を目の当たりにしたくないんだ。最後まで目を背けていたいその気持ちはわかるし、僕もできるならこんなものは見たくない。

ただ、心当たりと言えば――

「そう言えば……一人だけいた……気がする」

「どんな人？」

「どんなって、どんなだったかな……」

そんなことを誰かから聞かれるのは、初めてかもしれない。

過去を振り返り過ぎてはいけない、と思ったばかりにもかかわらず、僕は記憶を巡らせた。それは鈴さんの聞き方がとても自然だったからかもしれないし、それだけじゃないかもしれない。

郷愁に似た思いが、ふっと胸の中をよぎる。

僕は鈴さんの顔を見返した。彼女の顔に、別の誰かの顔がぼんやりと重なる。

「確か……大人の人だったな……馬鹿みたいに人がよくて……面白くて」

薄らいだ記憶を、僕は探る。

そこから思い出すものは、まぎれもない温もりだ。

消えてしまった記憶の中から、ゆっくりと人の輪郭が浮かび上がる。

多分、僕は「彼」と……ああ、「彼」だ。うん、僕は「彼」と仲が良かったんだ。

普通の友達のように一緒に過ごしてた時間があった……気がする。一緒に幻視のために走り回ったことも……一つをきっかけに、いくつかの記憶が揺らぎだす。

でも結局は――

ずきり、と頭が痛む。

「……っ」

懐かしさに気を取られていた僕の中で、たちまち「彼」の輪郭が曖昧になる。

そして……代わりに広がるのは、濃い霧のような不安と後悔だ。

僕は、なぜか震えだしそうな指で眉間を押さえた。

「駄目だ。やっぱりよく思い出せないな……」

「昔のことだから忘れちゃった？」

「昔のことだからっていうか、実は僕の記憶ってあちこち欠落してるんだよ。ほら、よくトラウマのせいで部分的な記憶喪失に、とか言うだろ。あんな感じ」

「ああ……」

鈴さんの表情が気遣うものに変わる。けど僕は「心配ないよ」と付け足した。

そう、過去のことを忘れてるから、今平気でいられるんだ。

だから「彼」についても、一緒にいたんだろうというのはわかっても、それがどれくらい前のことだったか、どんな風に付き合っていたのか、辿《たど》ろうとしても不自然なほど靄《もや》がかかっている。こうなっては、その思い出は判然としない混濁の中だ。色々あった時期だからだろう。考えれば考えるほど、落ち着かなさだけが蘇《よみがえ》る。

僕は手にできた印象だけを口にした。

「……その人は……多分だけど気さくな人だったよ。突拍子もない僕の話を信じてくれて、よく一緒に奔走して……」

思い出した断片の一つは、どこかの駅前だ。そんな中を、二人で駆けまわったこともあったんだ。あんな風に必死で走って、僕たちは一体誰の死を止めようとしていたんだろう。

「ごめん、こんな感じで記憶がかなりぼやけてるんだ……」

「ううん……ありがとう」

鈴さんは気のせいか、寂しくも嬉しそうに微笑んだ。

優しいその笑顔は、ひどく透き通って見える。ただ彼女はそれ以上突っこんではこない。きっと「今まで成功した記憶がない」と聞いたせいだろう。

僕は心を整え、平静を努める。

「まあ、今はもう連絡も取ってないんだけどね。……ってことは多分、失敗がきっかけで疎遠になったんだと思う」

「そうなの？」

「うん。その辺思い出せないから、推測だけど」

ただ「彼」のことを思い出そうとすると、懐かしさと同時に拭えない後悔が浮かぶ。だからきっと、この想像は当たっているんだ。現に僕は、そのきっかけになっただろう事件について一つ心当たりがある。

「実は、僕が関わった中に、連続通り魔事件が一つあるんだ」

「それって……」

「どんな事件だったかは、ほとんど忘れちゃってるんだけどさ。現場にいたってことは確実だ。けど……正直恐くて事件の詳細を調べてはいない」

警察に保護された時は、怪我はないけど服も手も血まみれだったって話だ。それは、だいぶ経って記憶がなくなってから母親に聞いたことだけど、その話を聞いたら当時のことを調べるのが恐ろしくなった。

なぜって、僕はその時どこにも怪我をしてなかったっていうんだ。ならその血は誰の血だったのか……見当がつくだけに、事実を知る勇気が出ない。

「詳しいことはわからないけど、その事件で小学生の男の子が一人亡くなったってのは事実だ。……今でも時々、その光景だけは夢に見るから」

アスファルトに倒れている小さな背中。

僕はそれを、ただ立ちつくして見下ろしている。助けられなかった結末に、凍りついて絶望しているんだ。

だから夢は、いつもそこで終わる。僕は汗の滲む掌を握りしめた。

「連続通り魔って言われてるくらいだし、他にも犠牲者は出てると思う。今でも調べれば当時の新聞記事が出てくる……はず」

大きい事件の分、記憶にかかる重みも大きいんだろう。「思い出さない方がいい」と心の中で警鐘が鳴る。また呼吸が浅くなってくる。

僕は記憶の欠落から意識を振り切ると、顔を上げた。

「それが今までで最大の失敗だ。僕の生活もこの事件で一変したし、その人と連絡が取れなくなったのも、やっぱりこれが原因なんじゃないかと思う」

――「彼」はいい人だったんだろう。こんな突拍子もない話を信じて、付き合ってくれたんだから。「彼」とどんな話をしたかは覚えてなくても、楽しかった時間があったってことはうっすら思い出せる。その温かさに泣きたくなる。

だから、そんな「彼」ともう会っていないって事実は、苦い後悔を生むだけだ。

「……悪いことしたなって思うよ。ひどい結果につきあわせて」

死に慣れた僕でさえこんなになったんだ。善意で手を貸してくれた「彼」にとってあの結末がどれだけの傷になったか。そもそも、どうして今まで「彼」のことを忘れていられたのか……正直、自分の神経を疑ってしまう。

自然と胸に広がる重みに、僕は苦笑しようとして顔を強張らせた。うつむきかけた時、隣から穏やかな声が聞こえる。

「……そんなことないと思うよ」

「鈴さん？」

顔を上げると、彼女の横顔が目に入る。

どこか切なげな微笑。その表情は、確かにベンチに座る彼女と同じだ。

鈴さんは、悲しそうにも見える目を一瞬閉じると、鮮やかに笑いなおした。茶色い瞳が猫のように細められる。

「その人はきっと、神長君と一緒に頑張りたくてやったんだよ。だから、結果がどうなったとしても、やったことを後悔はしてないと思うよ」

「……そうかな」

「そうだよ」

……そうだったら、いいな。

僕がそんな風に思う資格はないのかもしれないけど、少しだけ心が軽くなる。滲みかけた涙を堪えて空を見上げる。

周りの喧噪《けんそう》が遠く思える空気。ゆっくりと流れる時間は心落ち着くものだ。

僕たちは駅に入り階段を上る。鈴さんは定期で、僕はＩＣカードで、改札の中に入った。

朝のラッシュが終わった時間帯のせいか、構内の人影はまばらだ。僕は先の方を指差す。

「幻視はあっちの階段だ」

「どんな人？」

「サラリーマン。遅刻しそうなのか必死に階段を上ってる。……ここから見えるのはそこまでだ」

「ホームに上がって無事電車に乗ったとか」

「電車に乗るかもしれないけど、乗った直後に死んでるよ」

「現実は残酷だね……」

「まったくだ」

死んでなければ、「彼ら」の姿は現れない。僕は半透明のサラリーマンが駆けていった後を追って、階段を上っていった。腕時計の秒針を見ながら急がず、ゆっくりと一段一段を踏みしめる。

スーツ姿の影が見えなくなってからたっぷり三十秒ちょっとで、改札のところに再びサラリーマンの幻視が現れた。

振り返ってそれを確認する僕に、何も見えない鈴さんは首を傾げる。

「どうしたの、神長君」

「いや。時間を計ってた。ホームに出てから大体三十秒以内に彼は死ぬ」

「短いね」

「でも妥当だと思うよ。急いで階段上ってたってことは、電車がすぐ来るってことだろ。で多分、三十秒足らずで電車が来てばーん」

「ばーん」

「まあ、一応確認してみるよ」

本当は、電車事故は自動車事故以上に見たくないんだけど、そうも言っていられない。ホームまではあと数段、幻視のサラリーマンに追い抜かれながら僕は深呼吸した。

震えそうになる指を握りこもうとして、だがその手を鈴さんに摑まれる。

驚いて振り返ると、彼女は心配そうな目を僕に向けていた。

「無理に確認しなくても、この階段で張りこめばいいんじゃないかな」

不安げにも見える表情は、僕を案じてのものだろう。幻視を疑う様子はそこにはない。まったく底抜けのお人よしだ。

僕は気が抜けて……肩で息をついた。

「大丈夫だよ。こういうことはよくあることだしね。だてにこの路線に住んでるわけじゃない」

「それもどうかと……どこの駅？」

「中野《なかの》」

「あ、私は大久保《おおくぼ》だよ。風呂トイレ共同の四万円アパート」

「女子大生にしては渋いね……もうちょっと防犯いいとこでもいいと思うよ」

「でも風情があっていいんだよ。階段の軋《きし》む音とか鶯張《うぐいすば》りっぽくて」

「それ、老朽化してるだけじゃ」

鈴さんと話してると、すごい勢いで脱線していくな。脱力するし、まあ、なごむ。

僕はいくらか軽くなった足で最後の五段を上った。

そして——まさによろめいてホームから落ちる瞬間の彼を見る。

その先の光景から、僕は反射的に目を閉じた。

「っ……」

「神長君」

「……へいき」

奥歯を噛んで、僕は衝撃をやり過ごす。

彼がばらばらに跳ね飛ばされるその瞬間を、見たのか見ていないのか自分でもよくわからない。

それでも僕の体は、無残な光景を目の当たりにしたのと同じく反応してしまっていた。これが人間の想像力っていうなら、本当にプラスにもマイナスにも働く力だ。

全身の毛穴が開き、冷や汗が滲むのを感じる。深く息をついて額の汗を拭うと、僕は鈴さんに言った。

「やっぱり電車だね。線路に落ちてた。心臓発作で倒れるとかだったらお手上げだったけど」

「どれくらい先かわかる？」

「今までの経験でいうなら一週間。でも、正直個人差があるから確実じゃない」

「個人差なんてあるんだ」

「うん。透けてる状態から実体に近づいてくスピードが違うっていうか。その差がどこから来るのかはわからないんだけど」

手芸屋の老婦人みたいに、一定のスピードで濃くなってく人がほとんどだけど、そのスピードも人によって違う。年齢とか性別とかで変わってるわけじゃないっぽいけど、ちゃんと統計を取ったわけじゃないからわからない。

「死の何秒前から見えるかっていうのも一定じゃないんだ。これは単なる推察だけど、動きが激しい人ほど幻視の回転が速い気がする。直前から見えて、すぐに死んで、また最初から繰り返す、って感じに」

「ああ……ひょっとして、幻視には記録容量の限界みたいなのがあるとか？　動きが多いと長く保存できない、逆に動きが少ないと長時間保存できる、とか」

「どうなんだろ。面白い説ではあるけど」

僕は人の少ないホームを見回す。

他に誰かいたなら僕たちを怪しんだだろうが、幸い今はベンチに座っている中年の女性しかいない。その女性もうつむいていて、自分の膝上しか見てないみたいだ。

僕はホームに背を向けて階段を見下ろす。ちょうど駆け上ってくるサラリーマンの幻視とすれ違った。彼は自分の腕時計を見ながらホームに出る。

――その先を、僕は見なかった。

鈴さんが僕の顔を覗きこむ。

「とりあえず、どこかで座って作戦会議しよう」

「いいけど、鈴さん授業は？」

「今日は午後から。神長君の予定は？」

「僕は大学には行ってない。……登校拒否中だ」

なるほど。迂闊《うかつ》な質問をすると自分に返ってくるのか。これはちょっと気まずい。

次から気をつけよう。鈴さんは物言いたげに僕を見る。

「でも神長君は結構勉強好きそうだよね。物知りな感じだし」

「そうかな？　普通だろ」

確かに自分の部屋に引きこもってる時にはすることもないし、ネット見てたり本読んでたりするけど、物知りって言うほどじゃない……気もする。

階段を降りると鈴さんはぽんと手を叩いた。

「じゃあ、さっきのカフェに戻ろうか？」

「その選択肢だけはありえない」

「え、どうして？　カプチーノ美味しくなかった？」

「美味しかったけど、あの店員さんの空気に気づかない鈴さんがすごい」

この人本当面白いな。できれば離れた場所から見ていたいタイプだ。でも今は隣です。仕方ない。

僕は鈴さんを促して、さっきとは逆の改札から外に出る。

最後にもう一度階段を振り返ると、透けたサラリーマンはまだ必死に階段を上っていくところだった。


鈴さんはカフェに入ろうか、としつこく提案してきたけど、さっきの二の舞になるのはごめんだ。結局、午後から彼女は講義があるということもあって、僕たちは散歩もかねていつもの公園に来ていた。念のため例のベンチには近寄らないように念を押してから入り口近くのベンチに。ここからなら鈴さんの女子大もすぐそこだ。

自動販売機で飲み物を買ってきた僕らは、作戦会議の続きを始める。

「電車事故は大変だけど、ああいう風に走ってる経路がわかるなら、それを止めればいい……とは思うんだ」

「なんで歯切れ悪いの、神長君」

「僕だけだと成功率0パーセントだから。僕一人で止められるって事案は、基本的に存在しないと思ってる。何かそういう暗黙のルールがあるんだろう」

「人間不信みたいになってるね……無理もないとは思うけど」

言いながら鈴さんは、つまようじでコーンポタージュのコーンを取り出している。

どっから出したんだ、つまようじなんて。本当底知れない人だな。――と思ってたら
「缶のコーンポタージュ好きだから、いつもつまようじ持ってるの」って言われた。

読心術が使えるのか。あとやっぱりめちゃくちゃ変な人だ。

コーンを一粒食べて、鈴さんは僕を見る。

「ちなみに、差し支えなかったら教えて欲しいんだけど、似たパターンって今まであったりした？」

「あった。電車事故。でもその時は自殺だったから、説得失敗で駄目だった」

「ああ……そっか」

助けたいと思っても、本人が死にたいと思っていれば難易度は跳ね上がる。何しろその場限りの問題じゃないんだから、初対面の人間にどうこうできることでもない。無理矢理止めようとしても、別の手段で自殺されたら終わりだ。

記憶にある限り、僕が失敗したものの半分くらいは、実はこれ系だったりする。

「やっぱり死のうとする現場に現れて何とかするって難しいよ。そういう人はもう話

を聞く気力もなかったりするしさ。だからっていっても、事故で死ぬ人もやっぱり話は聞いてくれないんだけど」

「つまり、最後に物を言うのは腕力ってことかな……」

「ある意味正しいけど、できれば僕らが警察に捕まらないようにはしたい。そこで終わるから」

人命は確かに尊いものだけど、バランス感覚は大事にしたい。理想を言うなら、こっちが社会的に拘束されることなく、コンスタントに人命を救うってのが一番だ。

「ただ、一応言っとくけど、今まで僕も自分のリスクを顧みないで動いたことはあるんだ。けどそれもやっぱり幻視に含まれてた。というか、僕の方に妨害が入った」

「妨害?」

「幻視の通りに歩いてくるのを止めようとしたら、僕が別の人間に呼び止められた。大したことのない用事だったけど、その間に当人には行かれてしまった」

「じゃあ、私にもそういう妨害が入るかも、とは思ってた方がいいね」

「何がどう裏目に出るかはわからないけどね」

後だしジャンケンだから必ず勝てる、ってわけじゃない。むしろ幻視が当人の分しか見えない以上、こっちが後だしをされてる気分だ。

でも、もしこれが幻視を見る僕にのみ降りかかる制限なら、鈴さんの存在はいい突破口になるかもしれない。

「本番は一度限りだから、本当は事前に当人を特定して見張っておきたいんだけど」

「あ、それは私も思った。神長君、念写とかできる？」

「僕は超能力者じゃない」

と、思ってるけど幻視は超能力の一種なんだろうか……。むしろ呪いみたいなものだと思ってるんだけど、うーん。でも念写はできない。

「とりあえず、まだ日はあると思うから、僕が通勤時間に改札で張るよ。で、見つけたらこっそり写真を撮ってくる」

「それ大変じゃない？　ほら、似顔絵を描くって手もあるんじゃ」

「ない。僕の絵に期待しないでくれ」

ただでさえ半分透けてる状態だと顔立ちがわかりづらいのに、似顔絵を描けとかハードルが高いにも程がある。

鈴さんは不満と心配の中間の顔で、僕を見つめた。

「でもなあ。神長君一人に張りこみさせるとかちょっと……」

「鈴さんは絶対僕に張りこみさせない運動とかしてるのか。大丈夫だよ。できるよ」

「ええ？　本当にぃ？」

「語尾を伸ばすな腹が立つ」

「ごめんなさい」

鈴さんの心配はともかく、事前の張りこみは必須だ。僕はどんどん冷めていくカフェオレの缶を握りしめた。

「事前に張っとかないと、被害者の行動パターンを摑めない。極端な話、この駅を通勤に使ってない可能性だってあるだろ」

「ああ……そっか」

駆けこみでの電車事故って先入観から、鈴さんは疑ってもみなかったみたいだけど、通勤時の事故とは限らないんだ。逆に、通勤時の出来事だとしたら、大体の時間がわかる。幻視は改札を通り抜けたところから見え始めていたけど、その前のルーチン行動がわかれば止めやすくなるだろう。

鈴さんはぽんと手を打った。

「でも、現場がわかってるんだから、そこに罠を張っとくってのはどう？　ほら、あらかじめあの辺のベンチに投網を仕かけとくとか」

「うん。発想自体は評価できるけど、駅のホームに投網は駄目だと思う。まずベンチに設置物は怒られるか撤去されるかするし、投網で転落が防げるかも微妙だよ」

「そっかー」

　この人、どこまで本気で発言してるかわからないな。設置式の罠って発想は面白いけど、ここではまず無理だな。将来、何もない草原で幻視を見た時にでも使おう。そんな機会は一生ない気もするけど。

　鈴さんは、気を取り直したらしく新たな提案をしてくる。

「じゃあ、ガイシャの特定と行動パターンの割り出しがまず課題だね！」

「ガイシャって言うな。まだ死んでない」

　同じ被害者って意味合いでもニュアンスが違っちゃうだろ。鈴さんは「反省」と言ってうなだれてたけど、それなんか子犬が伏せてるようにしか見えない。僕たちはそれから、サラリーマンの死を妨害するためにいくつか打ち合わせをした。

　途中からメモを取っていた鈴さんは、話が終わると伸びをする。

「よーし！　じゃあ講義に行こうかな！　神長君、予定通りに進めて、何かあったらメールください」

「了解。僕の分までちゃんと学校行ってくるといいよ」

「あ、なんだったら神長君も一緒に講義出る？　多分後ろの方で机の下に隠れてたらばれないと思うけど」

「出ない！　鈴さんそこの女子大だろ！　机の下に隠れてたってばれるよ！」

「みんな無視してくれると思うけど」

「普通は通報されるからな。あとそんなことするくらいなら自分の大学行く」

自分の大学に行っても、不登校の学生が突然講義に現れたってことで悪目立ちするだろう。でも女子大に侵入するよりはるかにマシだ。

鈴さんはけど、そう言う僕に目を丸くした。

「神長君……大学行くの？」

「行かない」

「そ、そっか。ならよかった」

「よかったのか……？」

不登校でよかったって言われるのもなんか……まあ、いいか。学校に行け行け言われるよりはよっぽどいい。さすがに僕の私生活にまで踏みこんでこられるのは面倒だ。

並んで歩きだしながら、鈴さんは続ける。

「あ、そうだ。神長君、今度戸籍謄本見せてね」

「何言ってんだこの人」

めっちゃ踏みこんできたぞ！　一体何なんだ！　意味わからん！

のけぞって拒否する僕に、鈴さんは心外、とでも言ったように首を傾げた。

「え、だって、仲良くなったら戸籍謄本でしょ？」

「そんなのないよ！　どこのローカルルールだよ！　仲良くなるって結婚する気か！」

「あ、じゃあ結婚を前提に――」

「しない。しません。絶対に」

人間の頭のネジはどこに行けば売ってるんだ。鈴さんのために大量購入したい。

僕の更なる拒否に、鈴さんは腕組みして「うーん」と悩んでいたが、公園を出てすぐの分かれ道で手を振った。

「じゃあ私はこっち。抜け道で行くから」

「抜け道って……」

「柵を乗り越えるの」

「自重しなよ、女子大生」

そんなところ、近所の人間に見つかったら大学の評判が落ちると思う。鈴さんはけど「大丈夫大丈夫。私得意だから」と、心配要素しか増やさないことを言った。

「神長君はちゃんと一人で帰れる？」

「鈴さんは一体僕を何歳だと思ってるんだ……」

「私よりは年下」

「同学年だろ。それとも鈴さんは留年しまくってるのか」

僕は駅の方角へ続く道に踏み出しながら、やる気なく手を振る。

「じゃ、また」

「またね、神長君」

背にかけられた言葉の柔らかさに、僕は遅れて振り返る。

誰かと先の約束をする——そんな久しぶりの温かさが、無性にくすぐったかった。

駅に戻った僕は、またICカードで中に入った。

このICカードってのは、便利なんだけど定期と違って同じ駅を出たり入ったりが面倒だ。出る時はいちいち駅員さんに処理してもらわないといけない。けど僕は、通学定期を買うほど学校に行っていない、というか学校にはまったく行っていないのだから仕方ない。

相変わらずホームに駆け上がり続けるサラリーマンの幻視を見ながら、僕はその後を追って階段を上っていった。今度は彼の一挙一動に注目する。

――幻視は、死ぬ本人以外のものは見えない。

見えないけど、本人の動きから周囲の状況がわかることもある。サラリーマンは、左手首の腕時計を一瞥する。

階段を上がりながら、右手を前に上げ――彼は軽くよろめく。

けどスピードは落ちない。

若干左に避けるようにして、彼は最後の数段を駆け上がった。ホームの電光掲示板を見上げる。

そしてその姿はホームに消えた。

「ラッシュ時の可能性は薄い……か？」

あれだけ乱暴に階段を駆け上がっている割に、人を避ける仕草が少ない。

もちろん、人の切れ間の時間ってのはあるんだろうけど、改札から一直線に走ってくる様子を見ても、本当にピークの時間帯だったら無理な動きだ。

それでも、絞れたというほどのことじゃない。バケツになみなみ注がれた水の中から、ペットボトルの蓋一杯分の水を取り除いたというくらいだ。

「もっと時間が絞りこめればいいんだけどな……」

繰り返し改札から走ってくる幻視が、僕のすぐ傍を走り抜ける。その色味は昨日見たよりも若干濃くなっている。これが完全に色づくまでが、この人の命の期限だ。

幻視のサラリーマンは、また決まった動作で左手の腕時計を確認する。

それを見て、僕は気づいた。

「……そうか」

幻視は本人以外の映像は見えないけど、何も裸で現れるわけじゃない。本人の衣類や持ち物なんかはちゃんと見える。つまり、彼のつけてる腕時計を見れば、時間は特定できるってことだ。

「よっし！」

小さくガッツポーズをとる僕の後ろを、二人の女子大生がくすくす笑いながら通り過ぎていく。……くそう、気づかなかったぞ恥ずかしい。

けど、今はそれよりも幻視だ。僕は階段の段を合わせて駆けてくる幻視を待つ。

スーツに隠れた左手首に注目し、それが上げられるのを待って——

「だめか」

それが腕時計だってことはわかる。けど、デジタルかアナログかまでは判別がつかない。優先されるのはまず輪郭で、表面上のものは後回しだ。だからこのサラリーマンのスーツも、ひょっとしたら明日くらいにはうっすらヒョウ柄になってるかもしれない。

僕は腕時計を諦めると、今度は小さなメモを取り出した。スマホのストップウォッチを見ながら幻視の行動を細かく書き留める。

「改札から階段まで七秒。階段を上り始めてから時計を見るまで五秒。ホームに出るまで更に五秒。……そこからまた改札に現れるまでが、三十二秒」

今までにも何度か計測したことがあるけど、幻視が死を迎えて再出現するまでは、大体十秒から十五秒かかる。そのことを踏まえると、彼がホームに出てから亡くなるまでは最大三十秒だけど、実際にはもっと短いだろう。

おそらく、ホームに出てから二十秒前後。

――それが彼を止める最後のチャンスだ。

何度も階段を上っていく幻視に変わりがないことを確認して、僕はホームに上がるとちょうど来た電車に乗る。

そうして翌朝から三日間、同じように下調べをした僕は、ひとまずの結論をまとめると鈴さんにメールした。

6

カーテン越しに差しこむ光で、部屋はうっすらと明るい。

僕は小さなアラーム音で目を覚ました。ベッドからすぐ隣の机に手を伸ばす。そこにある目覚まし代わりのスマホを取ろうとして――

「あ、まずい」

適当な手探りのせいで、スマホを取り落としてしまった。僕はのろのろと起き上がると床を覗きこむ。けどそこにスマホは見えない。机の下にでも入りこんでしまったんだろうか……。仕方なく僕はベッドを下りてしゃがみこむと、机と床の隙間に手を伸ばした。指の先に何枚かの紙が触れる。

引き出してみるとそれは、小学校時代のプリントだ。何年も大掃除をしていない部屋とあって、そんなものも残っているんだろう。「授業参観のお知らせ」と書かれた一枚は、きっと親に見せなかったに違いない。僕はプリントを畳むと、更に机の下へと手を伸ばす。

――その指先が、固いものに触れた。

「なんだこれ……」

引き出してみると、それはクッキーの空き缶に何かを詰めたものだ。一目見て異様なのは、全体がガムテープでぐるぐる巻きに封印されていることだろう。

缶の表面には、マジックで何かが走り書きされている。けどほとんどが擦り切れていて読めない。かろうじて「神長」と書かれているのだけが読み取れた。

「これ……僕が隠したのか？」

僕の部屋なんだからそうなんだろうけど、まったく記憶にない。『開けてはならない』と、無言のうちに訴えてくる缶を、僕はおそるおそる振ってみた。たくさんの紙が動くがさがさという音がする。微かな金属音も聞こえるのはなんだろうか。

僕はその缶を、まるで呪われた箱のように見下ろす。

――これはおそらく、忘れてしまった過去に繋がるものだ。

けどそれにしても、なんでこんな厳重にガムテープを巻いて隠されてるのか。

背筋がぞっと冷える。

僕は急いで缶を元の場所に押し戻した。ベッドの下に落ちていたスマホを拾って身支度を整える。

そうして僕は缶のことを頭から締め出すと、鈴さんとの約束のために家を出た。

「午前十一時二十分？　ずいぶん遅い出勤なんだね」

「出勤じゃないんだ。この三日間、午前中駅を張ってみたけど、当人は現れなかった。多分、この駅が最寄りじゃないんだろう。仕事か何かでたまたま使った時に、事故に遭うんだ」

それが僕の結論だ。

朝の通勤時間に現実の彼は現れなかったし、夕方の帰る時間もそうだ。

鈴さんは「うーん」と考えこんで返す。

「でも、神長君がいない時間に通ってたってことはない？　例えば毎日朝四時に出勤して、深夜一時に帰ってくるとか」

「めちゃくちゃブラックだなそれ！　その状態でふらふらして電車事故に遭ったら、もう労災だし社会問題になるだろ！　じゃなくて」

いつもの公園の、いつもとは違うベンチで、鈴さんと僕は並んで話している。

つまようじでコーンを刺している彼女に、僕は自分のポケットからＩＣカードを取り出して見せた。

「僕や鈴さんは、改札を出入りする時これを使うだろ？」

正確には僕のはただのＩＣカードで、鈴さんのは通学定期ＩＣだ。でもどちらも改札ではカードをタッチしている。

「けど、幻視の彼は、切符を改札に通してるんだ。もちろん、ただ定期を忘れただけって可能性もあるけど、普段電車を使ってないって可能性は高いと思う」

「なるほど……一理あるね。でも、それでそんなに具体的な時間まで絞れる？」

「それは単純に、時計を見たんだ」

僕は、彼がしていた腕時計について説明する。実は三日目の朝にうっすら時計の針が見えるようになったんだ。判別が難しくて、階段の途中で立ち止まり続ける不審者になってしまったけど、一応の成果は得た。

ずばり——時計が指していたのは十一時二十分だ。

「幻視が濃くなる速度からして、おそらく現実になるのは明日だ」

だからそこを止める。

僕たちにできることは、それしかない。

「自殺の説得は難しいけど、あの人は事故だ。だから、ちょっと時間をずらしてやれば止められるはずだ。問題は、前にも言った通り、僕の動きは幻視の動きにあらかじめ含まれてるってことなんだけど――」

「大丈夫。私がいるよ！」

力強い宣言。

それを予想していたにもかかわらず、僕は思わず目を瞠った。

当然じゃないことを、当然のように言ってくれるっていうのは、鈴さんのすごいところだ。天然かもしれないけど、それは彼女の長所だろう。僕は薄い胸をどんと叩く鈴さんに、確かに安堵した。

明日、鈴さんが役に立っても立たなくても、すごい活躍をしてもすごい失敗をしても……ただ彼女がいてくれたってことだけで、きっと僕は安心するんだろう。それは罪悪感を二分するだけの後ろ向きな気持ちかもしれないけど、事実は事実だ。

僕は小さく笑って言った。

「じゃあ、明日十一時に例の改札の前で待ち合わせ、でいいかな」

「うん！　よろしくー！　あ、わかりやすいように服装揃える？」

「それまったく意味わからない……。初対面の目印でもないし、何したいんだ……」

「命救う団結成、とか」

「きっぱりお断りだ。大体二人だけは団とは言わない」

「けちー」

「じゃあ、また明日」

鈴さんはほっぺたを膨らませたけど、もうそろそろ授業の時間だって忘れていなかったようだ。いつも通り、どちらからともなく立ち上がった僕らは、並んで公園の出口に向かう。

僕は、鈴さんのバッグに揺れているキーホルダーに気づいて指差した。

「そのキーホルダーかわいいね。サルのぬいぐるみ？」

「……猫だよ。私が作ったの」

「それは……変なこと聞いてごめん」

「真剣に謝らないでよ！　余計みじめだよ！」

「いやでも、猫って言われればうん、確かに、うん……」

駄目だ。フォローの言葉が思い浮かばない。大体サルかと思ったのだって、僕としてはだいぶ譲歩したんだ。もっと言うと焦げたロールパンに目鼻がついてる状態だ。

それでもなんとなく愛嬌《あいきょう》があるっていうか、妙にぬいぐるみの造作が気になる。何だろう。かわいいっていうのとは全然違うんだけどな。

「でも鈴さんは確かに、手作り好きそうなイメージあるね」

ちなみに器用なイメージは皆無だ。

「そうなんだよね。高校の頃、同級生に教えてもらったんだけど、やってみると意外と楽しいんだ。あ、神長君もやってみる？　教えてあげるよ」

「鈴さんが人に教える余裕ができたら、ぜひ」

そんな日は永遠に来ないだろうと思いつつ、僕は話題を切り上げる。鈴さんは不服そうな顔をしつつも、手先については自覚があるらしく何も言わない。

冬の澄みきった空を、淡い雲が流れていく。僕は、向こうからやってくるおじいさんを見つけると、反射的に足下に視線を逸らした。

それはもう、僕の癖みたいなものだ。初めての人の姿を見かけたら、「彼ら」かもしれないから焦点を合わせないようにする。突然の出来事を目の当たりにしないよう身構える。

そういう自分に罪悪感を覚えるのは、他人の死から目を背けようとする姿勢に思うところがあるからだろう。こんな風に奔走してはいるけど、それは全部の「彼ら」を救うためじゃない。未来を変えられるかもしれないのは、あくまでも僕らが選んだ人間だけだ。

そんなことを思っていたら、鈴さんが前を見たまま聞いてきた。

「やっぱり、神長君の目には、駅の人以外にも亡くなる人って見えてたりする？」

「……まあ、何人かはね。でも、死ぬ人全員が見えるわけじゃないって言ったろ？」

「そっか……そうだよね」

「うん」

幻視の「彼ら」以外にも、亡くなる人間はいる。幻視として見える死と見えない死に、どんな違いがあるかはわからない。ただ僕としては、全ての死が見えたら、きっと部屋から一歩も出られなくなっただろうから、今くらいで助かったと思ってる。

僕は、少しだけ悲しそうな鈴さんを見上げた。

「そんな顔しなくていいよ。人が死ぬのは当然の結末で、鈴さんが背負わなくてもいいことだ」

たまたま僕に出会ったから未来の死を知っただけで、鈴さんは本来関係のない人だ。そこに責任や負い目を感じなくてもいい。

慰めるための僕の言葉に、けど鈴さんはゆるやかにかぶりを振った。

「でもそれは、神長君にとっても同じことなんだよ」

彼女さんはそう言って、ひどく大人の女性みたいに微笑《わら》う。

その笑顔がどこか寂しそうに見えて、僕は何も言えなかった。

鈴さんと別れての帰り道、僕はいつものアーケード街に差しかかった。

そうして、いつもと違いシャッターの下りている手芸店の前を通りかかる。そこには「臨時休業」の張り紙が貼られていた。僕は少し気分の重さを覚える。憂鬱というよりはやるせない感情は、既にお馴染みのものだ。

うつむきぎみに歩く僕に、すれ違う女性たちの話が聞こえた。

「あそこのおばあちゃん、昨日亡くなったんですって。もう九十二だっていうから大往生ね」

「あら、そうだったの？ 寂しくなるわね」

変わらない景色の欠落を惜しむ声は、彼女たちにとっては日常のごく一部だ。嘆くことのほどではないし、それはきっと僕にとっても同じ……なはずだ。

「まるでお人形さんみたいにじっと店先に座ってたから、しばらくは慣れないわね」

「あ、でもここ二、三日はおばあちゃんのところに若い女の子が来てね。二人で並んで何か編んでて、おばあちゃん、すごく楽しそうにしてたわ。いい思い出になったんじゃない？」

「そうなの？　それはよかったわねえ」

遠ざかる声を聞きながら、僕はけれど、アーケードの真ん中で立ち止まってしまっていた。

あのおばあさんと編み物をしてた女の子なんて……そんなの、鈴さんに決まってる。

鈴さんは、僕の話を聞いてきっと自分からおばあさんに声をかけたんだろう。

彼女は、そういうことが当然のようにできる人間なんだ。

大事にしたいと思うものを大事にできる、そういう人だ。

たとえ僕がつまらないことに足をすくませていたとしても、彼女はその上を軽々越えていってしまうんだろう。そうして振り返って……僕に手を伸ばすんだ。

ふっと目頭が熱くなる。僕は唇を噛んで、感情を堪えた。

「ほんと、なんなんだあの人……」

彼女となら、僕の嫌になるような幻視も、「彼ら」のいる世界も意味のあるものになるのかもしれない——そんな子供みたいな祈りを持って、僕は帰路につく。

そして明日がやってきた。

7

朝のラッシュが終わり、駅構内も落ち着いた時間。

電車からぱらぱらと降りてくるのは、二限からの大学生や買い物に来た主婦など、急ぐ様子もない人間たちばかりだ。

そんな彼らからしたら、改札から出ないで階段の下にいる僕は、おかしな人間だろう。というか、駅員さんにはそろそろ不審人物がいるって情報が流れてるかもしれない。やたらと改札の前を駅員さんが行ったり来たりしてる。

「まずいな……」

昔もよく怪しまれてたけど、さすがに連行とかはされたことはない。ただ、警察官に声をかけられたことは数度あるし、家に電話されたこともある。

今回もそんなことになったら目も当てられない。少なくとも、幻視のサラリーマンを何とかするまではここから動きたくない。

僕は改札に背を向けると階段を上り始めた。そのすぐ横を、ほとんど透けていない幻視が駆けていく。僕はちらりと彼を見た。

──年は、多分三十代前半だ。

短めの髪には、少し寝ぐせがついてる。焦りと苛立ちの混ざった表情は、普段なら優しげなものかもしれない。だけど今は、右手に切符を握りしめてただ必死だ。僕は、あの切符なくしそうだな、とぼんやり思った。

「……切符どころじゃないか」

まず彼がなくしそうなのは、自分の命だ。それがなんとかなるなら、切符なんていくらでもなくして構わないだろう。

僕は幻視の彼の後について階段を上る。ポケットから取り出したスマホで時間を確認した。表示されている時刻は朝の十時。ちょうど待ち合わせより一時間早い。

「鈴さんが来る前に済ませときたいからな……」

掌に滲む汗を、僕は握る。

今日一人で早く来た理由は一つ──幻視の死ぬ瞬間を直視するためだ。

今まではずっと正視しないようにしていた。電車によるそれは、いくつかある死の中でも、群を抜いて凄惨だからだ。

一度は原因確認のため鈴さんといる時にちらっとだけ見たけど──けどやっぱりちゃんとは見られなかった。あの時僕が見たのは、ホームに落ちる彼の姿と……その直後、電車に弾き飛ばされた彼だけだ。弾き飛ばされたと思った姿も、半分以上は僕の想像が勝手に作った映像だろう。

だから、これはやっておかなければならない。

見たくないものを見ないままでいて、不測の事態が起きたら取り返しはつかないんだ。幻視は繰り返し、何百回も死に続けているけど、本人の死は一度きりだ。その一度を防ぐために、僕は僕にできる全力を費やさなければならない。そうでなければ、鈴さんの隣に並ぶ資格はないだろう。

——チャンスは一度だ。というか、一度にしたい。

そのために、迷ったあげく現実に極めて近い時間帯を選んだ。下手に早い時期に見て、透けてて情報量が足りなかった、なんてなったら困るからだ。何度も見たいものじゃないし、僕は、自分がそんなに精神耐性が強いとは思ってない。過去の記憶を自分で忘れてしまうくらいには脆《もろ》い人間だ。

だから、今ようやく直視する。

「……いやだな」

冷や汗が背中を濡らす。口の中が渇いて、まるで血みたいな味がした。

足が重くなる。これ以上進みたくないと体が拒否する。あれだけ色んな幻視を見てきたのに、いつまでも臆病者で自分がいやになる。

けど、それはそれ。これはこれだ。

「……たったこれだけのことで人の命が救えるなら、やるしかないだろ。大丈夫だ」

鈴さんの言葉を自分に言い聞かせて、僕は目を閉じる。

そのまま勢いをつけて、最後の四段を上がった——そして、目を開ける。

見えたものは、ホームに立って電車を待っているカップルと、ベンチに座っているおばあさんにその連れの女性、そして自動販売機の中身を入れてる係員の数人だけだ。

人もまばらな光景に、僕は一瞬ささやかな引っかかりを覚える。何か違和感があったんだけど、それが何かわからない。

思わず首を傾げかけたその時、僕の体を「彼」が通り過ぎた。

さすがにぎょっとした僕の前で、幻視の彼はスマホを取り出しながら歩調を緩める。左にある下り線側のホームを黄色い線に沿って歩き始めた。

その直後——彼の体は不意に左によろめく。

彼はとっさにバランスを取ろうと踏みとどまった。おかしな形にスーツの上着が左に広がる。彼は表情を変え、線路の方を見て何かを叫ぶ。

だが、崩れかけた彼の態勢は戻らない。彼はそのまま引きずられるようにして――線路に落ちた。

そして――形を失って飛び散る。

「……っ」

僕は口を押さえて体を折る。

自分のスニーカーと灰色のホームが見える。だがその視界もすぐに涙で滲んだ。

喉の奥にせりあがってきた胃液を苦労して飲みこむ。気持ちが悪い。それ以外何も考えられない。うずくまって気を失いたい。

今見た光景が一瞬で脳裏にこびりついて、体が勝手にがくがく震えた。

吐いて楽になりたい、と思う。けど今ここで吐いちゃまずい。駅員室に連行でもされたら困る。

僕の様子に気づいたおばあさんが、ベンチから立ち上がって近づいてきた。

「どうしたの？　大丈夫？」

「……だ、大丈夫です。ありがとうございます」

ゆっくりと体を起こす。言葉とは裏腹に、顔色は相当悪いんだろう。おばあさんは、見るからに心配そうに眉根を寄せた。けど僕はそれ以上何か言われるより先に、ホームに背を向ける。その瞬間、また階段を駆け上がってくる彼を正面に見て、僕は思わずぎゅっと目を閉じた。

「あなた、本当に大丈夫？」

その言葉に、すぐには答えられない。

さっきの光景を思い出して、体がまだ思い通りにならないからだ。嫌な味のする口の中に、僕はぶんぶんと頷くだけに留める。代わりに、今見たものをただの情報にしてしまおうと試みた。

彼は、スマホを見ながらホームの端を歩いていて……おそらく「何か」に巻きこまれて線路に落ちた。

問題は、それがなんなのかだ。

ぶつかられたようにも、引きずられたようにも見えた。……いや、引きずられたのか。スーツが変な形に広がってたのは、何かに引っ張られてたからだ。

「そうか……」

彼は、線路に向かって叫んでいた。

普通そういう時は、誰かに助けを求めるものだろう。でも、彼は誰もいないはずの線路を見ていた。それはそこに、自分を引きずる「何か」があったからだ。

「──まもなく、三番線に電車が参ります」

ホームにアナウンスが流れ出し、僕は目を開ける。まだ傍にいたおばあさんと目が合って、僕は頭を下げた。

「すみません、ちょっと眠くて……ほんとに大丈夫です」

「そうなの？　早く帰って寝なさいね」

「はい」

心配してくれた人に嘘をつくのは心苦しいけど、今は仕方ない。おばあさんは僕を振り返りながらも、入ってくる電車に並ぶために離れていった。……ってあれ？　ベンチの隣にいた女性は座ったままだ。なんだ連れの人じゃなかったのか。道理でおばあさんが僕のところに来てるのにガン無視だと思った。

おばあさんが停車位置に並んでまもなく、電車がホームに入ってくる。時間帯もあってドアから降りてくる人たちもそう多くない。けど僕は邪魔にならないよう、階段から離れると路線図看板の裏に陣取った。ここなら「彼」の死の瞬間は見えない。

そして僕は、ホームを見回した。

「あの人は何に引きずられたんだ……？」

成人男性を線路に落としきれるものって、ホームにはなかなかない気がする。ある程度大きくて重いものじゃないと……でもそんなものあるか？　ぱっと見そういうものは固定されてるものばっかりだ。さっぱり見当がつかない。

時計を見ると、まだ十時八分だ。もしかしたらこれから一時間以内に、外からクレーンが伸びてきてあの人を引っかけるとか——

「ないな。ないない」

自分の想像の馬鹿馬鹿しさに、僕はかぶりを振る。

その時——どこかからガコン、と固い音が聞こえた。

なんの音だろう。僕は体を起こしてホームの奥を見る。そこでは自動販売機の前面を開けて、若い作業員が飲み物の補充をしていた。傍には、飲料の段ボールを載せた大き目の台車が置かれている。

「……あれ、ひょっとして」

重ねられた段ボールは、あわせて二、三十キロはあるだろう。人間一人を引きずれるかといったら微妙だけど、スマホを見てるところにいきなり横から突っこまれたらパニックになりそうだ。

だとしたら幻視の彼も、スーツのどこかが台車に引っかかってしまったんだろう。スーツを脱げばよさそうなものだけど、こういう時に機転が利く人間ってのは、多分あんまりいない。これが僕でも一緒に線路に落ちそうだ。

「まあ、あくまで仮説だけど……とりあえず改札戻るか」

他に該当しそうなものがないからってだけの仮説だけど、今はそれ以上の原因が見つからない。不安要素はいっぱいあるけど、とりあえず僕一人じゃ幻視を変えられないんだ。鈴さんを待って事情を説明するしかないだろう。あと四十分もすれば待ち合わせ時間近くになるはずだ。

「鈴さんは時間に正確そうだからな」

こういう事態に取り組むにあたって、約束に正確だっていうのはありがたい。だから僕もこういう風に、一時間早く来れるわけだし。

ホームにはさっきの電車から降りた人が、まだぱらぱらと歩いている。その中に混ざって、僕も改札階に向かった。そして階段を半分まで降りたところで、幻視の彼が改札を通ろうとしているのを目にする。彼は、慣れない仕草で自動改札から切符を手に取った。ホームを探しているのか、大きく目を見開いてきょろきょろと辺りを見回す。最後に僕がいる階段の方を見上げた。

「切符か……」

可能ならホームでガチャガチャやりたくないから、切符売り場で張るってのがいい。そこならさすがに走ってないから捕まえやすいだろう。

待ち合わせのこともあるし、僕は一旦外に出ようと有人窓口に向かう。

「すみません、外に出たいです」

「あーはいはい」

気のせいかもしれないけど、駅員さんがじろりと怪しむ目で僕を見た。って、そういや今は入場じゃなくて別の駅から来たんだから、普通に自動改札を通ればよかったんだ。最近ずっと入退場ばっかりだから忘れてた。

何か言われるかと用心する僕に、駅員さんはICカードを処理しながら言った。

「君、最近よくこの辺にいるよね」

「……あ、はい。ちょっと学校の研究で……」

下手な言い訳だけど仕方ない。大学生ならそういう研究の一つや二つしててもおかしくないだろう。

駅員さんは信じてくれたのかどうか「ふぅん」と気のない相槌《あいづち》を打つ。その手はまだ僕のＩＣカードを持ったままだ。これはまずいかもしれない。

けど言い訳を口にしようとした僕はふと、改札の向こうを横切る人影に気づいた。

——そして、ぎょっとする。

「……そんなまさか」

覚えのあるスーツ姿。走ってきたのか崩れた髪とその横顔は、一瞬でも見間違うはずもない。ついさっき僕は、彼がばらばらに吹き飛ばされるところを見たんだから。

でも、なんで彼が今ここにいるんだ⁉

自らの死を知らないサラリーマンは、切符売り場の方へ消える。

僕はスマホを取り出して時間を確認した。

「やっぱりまだ十時十一分か……」

あの人のつけてる腕時計の時間からすると、一時間も早い。当然、鈴さんとの待ち合わせだってだいぶ先だ。

「くそ……！」

「君、どうしたの？」

眉を寄せる駅員さんから、僕はＩＣカードをひったくる。そのまま改札を出て、左にある切符売り場を覗きこんだ。

――そこに「彼」はいた。

路線図と運賃の一覧を見上げて考えこんでいる彼は、やっぱり本人だ。彼は切符を買いながら、ちらりと腕時計を見た。表情を変えぬまま出てきた切符を受け取る。

そして僕のいる改札の方へ歩き出した。

「ちょ……っ！」

なんでだ！　まだ時間早いだろ！　今時計見て早いって思わなかったのか⁉

唖然《あぜん》とする僕の横を、彼は通り過ぎる。切符を買うだけだったらいい、と願ったのも一瞬、改札に入ろうとする彼に、僕は思わず声を上げた。

「ま、待って！」

突然の叫びに、辺りの人々が振り返る。それはサラリーマンの彼も同様だ。怪訝そうに顔をしかめる彼に、僕は駆け寄った。

「あの、時計……あなたの時計は、まだ早いんです。時間が……」

少なくともまだ鈴さんが来ていないんだ。頼むから時間が早いってことに気づいてほしい。そうして今をしのげれば、きっとなんとかできる。

初対面の僕の支離滅裂な訴えに、彼は目を丸くした。だがすぐに何かに気づいたのか少しだけ表情を緩めて「ああ……」と言う。

「なんだ、この腕時計でも見たのか？　これは仕事用だ。だから海外の時間にあわせてる。別に狂ってないよ」

「……な」

そういうことか。最悪だ。

彼が上げた腕時計の針は、きっかり一時間先を示している。それは彼にとっては当たり前のことで――でも僕は、うかつにもその時間が問題の時間だと思いこんでしまった。自分の気づいたことに浮かれて、思考停止してしまったんだ。

愕然と凍りつく僕を、彼は怪しむように眺める。

「親切心かもしれないけど、あんま人の持ち物見るのよくないぞ。……じゃ、急ぐから俺はこれで」

彼は踵《きびす》を返し、自動改札に向かう。僕は我に返ってその背を追いかけた。

「待っ……行っちゃ駄目だ！」

僕が見る光景は、彼がこの改札を越えた後のことだ。だから幻視の未来を変えるならば、改札の中の彼に声をかけた方がよかったのかもしれない。

ただ僕の頭の中はこの時、彼の無残な姿を見たくないという思いでいっぱいだった。

切符を持った彼が振り返る。その顔には、今度こそ苛立ちがあった。

「なんだよ。悪ふざけなら別のところでやれ。迷惑だ」

「違う……危ないんだ。今行ったら……」

言いながらも僕は、これが無意味な説得であると予感している。

僕一人じゃやっぱり止められないんだ。僕が彼の腕時計に気づくことも、その時計が一時間進んでることも、全部幻視の予知の範囲内なんだから。

本当に、何もかもが裏目に出て嫌になる。色んなことを罵りたくて、でも一番罵りたいのは自分自身だ。

僕の言葉は届かない。――でも、こうなったら一人でやるしかない。

僕は覚悟を決めると口を開く。

「突然こんなことを言い出して申し訳ないけど、本当に今ホームに行くのは危ないんだ。あなたが仕事で急いでるってのはわかるんだけど、でもちょっと待って欲しい」

「……気味が悪い。なんかあるなら駅員に言えよ」

僕の真剣な表情を見てか、彼は無視して中に向かおうとはしなかった。改札の前で嫌な緊張感を出している僕らを、行き交う人々が振り返る。

これはちょっとした騒ぎになってしまうかもしれない。でもそれで済むなら安いものだ。僕はあちこちからの視線に逃げ出したくなりながらも、自分を奮い立たせた。

「あなたは三番線に来る下り電車に乗ろうとしてるでしょう。でもそれは危ないんだ。よくないことになる。だからこのまま電車で移動するっていうなら、周囲に注意してほしい」

うさんくさい言い方になってしまうけど、彼が周りに気をつけるだけであの事故は防げるのかもしれない。どう言えば少しでも信用してもらえるのか。僕はわからないなりに深々と頭を下げた。

鼻白んだような彼の声が聞こえる。

「なんだ、占いか何かかよ……よそでやってくれ」

「違……っ」

顔を上げた僕に、彼は薄気味悪いものを見る目を向ける。

その目は僕のよく知るものだ。今まで何度も向けられた目。

そして——その目で僕を見た人は、今はもうみんな故人だ。

心が急速に冷えていく。声を出そうとする喉が強張って、このまま凍りつきそうだ。

一人の暗い部屋に戻りたくなる。

けど——僕は拳を握りしめた。

「一人だから何もできない」なんて理由で諦めたら、ここまで付き合ってくれた鈴さんに顔向けができない。信じてもらえないなら、せめて幻視が現実になるまでに少しでも時間稼ぎをしなければ。

「わかりました。ちゃんと説明します。実は——」

けど、そう続けかけた僕に、別の声がかかった。

「君、さっきから何してるの。学校はどこ？」

窓口にいた駅員さんが、騒ぎに気づいて出てきたんだ。駅員さんは僕たちの間に入りながら、彼に尋ねる。

「知り合いですか」

「全然違います。急に話しかけられただけ。ちょっと急いでるんで」

「いや待って……！」

あわてて追いかけようとした僕の行く手を駅員さんが遮る。その隙に彼は、切符を改札に通して中に入った。僕のせいで足止めを食らったからだろう。彼は急いで辺りを見回す。そうして三番線の階段を見つけて顔を上げた。

その表情がどんなものか、背を向けていてもよくわかる。僕は自分の顔から血の気がみるみる引いていくのがわかった。

「ここまで範囲内なのかよ……」

腹立たしいのにもほどがある。僕が彼を呼び止めて時間がなくなることまで、全て幻視の範囲内だったんだ。何かをしても、しなくても、僕の目の前で人は死ぬ。結局はその繰り返しだ。

立ち尽くす僕を、駅員さんが覗きこんだ。

「一体なんのいたずらなんだ、まったく」

「……いたずらじゃないです」

もう数分後には、僕の見た惨状が現実になる。そして、あんたたちはその時に後悔するんだ。後悔して「どうにか止められなかったか」と思う。

でもそれじゃ遅い。今ならまだ止められるっていうのに。

——そう、まだ間に合うんだ。

僕は顔を上げる。

　そうして訝しげな目をする駅員さんを見据えた。僕の毅然《きぜん》とした態度に、駅員さんは少し怯《ひる》む。

「なんだ君は……」

「失礼します！」

　言うなり僕は床を蹴って駆けだした。駅員さんの脇をすり抜け、有人改札に向かう。窓口にICカードを放り投げて走る僕に、背後から駅員さんが叫んだ。

「待て！　何する気だ！」

　構内に響き渡る声。

　それを無視して僕は階段を駆け上がる。ちょうど先を行くサラリーマンの彼が、右手を挙げて降りてくる女子大生を避けていた。

　ふわふわした髪にデニムのサロペット姿の彼女は、強引に進路からどけられ、サラリーマンを驚いて振り返る。

　僕は、考えるより先に、彼女の名を呼んだ。

「――鈴さん！　彼だ！」

　待ち合わせよりも一時間近く早いのに、どうして彼女がここにいるのか。

　でも、そんなことを考えるのは先だ。階段を下りきろうとしていた鈴さんは、僕の言葉に素早く反転した。スニーカーで階段を蹴ってサラリーマンを追いかける。

僕もまた止まらない。二人の後を追って、全力で階段を駆け上がった。

ホームの景色が見える。

スマホを取り出しながら歩調を緩めようとする彼と、彼を追いかける鈴さん。

その光景の半分は、既に見たものだ。だがホームを見回しても、どこにも彼を引きずるようなカートはない。原因不在の状況だ。淡々とアナウンスが響く。

「まもなく、三番線に電車が参ります」

「……っ!」

ほんの短い瞬間に、僕の思考はめまぐるしく動く。

──彼は、この先どうして線路に落ちるのか。

ホームには何も彼を引きずるものはない。ただ鈴さんだけが彼を止めようと走っている。僕に頼まれた、鈴さんだけが──

「っ、鈴さん、待って!」

とっさに口をついたものは制止の言葉だ。

サラリーマンの彼に追いつこうとしていた鈴さんは、その言葉で急ブレーキをかけた。つんのめって転びかけながらも、彼女はなんとか踏み止まる。

「神長君？」

「待ってくれ……何もないんだ。ホームに事故を起こすようなものが……」

一時間の間に現れるかと思ったものが何も、目に見える範囲にはない。

自動販売機の補充カートもなくなっている。見えるのはただ、改札に向かう人々と、次の電車を待つまばらな人影だけだ。

僕は振り返って、階段を駆け上がってくる駅員さんを見る。

――これまで僕が幻視を避けたいと行動したことが、全部裏目に出ている。

ならひょっとして、幻視の事故は、僕が鈴さんに「彼を止めてくれ」と頼むことで引き起こされてしまうんじゃないか。

もしそうだったら、彼だけでなく鈴さんをも僕は死に追いやることになる。それは、絶対に駄目だ。鈴さんを巻きこんで死なせてしまうなんて……それだけはあってはならない。僕の心が、失われた記憶が、そう叫んでいる。

僕は震える両拳を握りこんだ。追いついてきた駅員さんが、僕の肩を摑む。

「ようやく捕まえたぞ、君。ちょっと駅員室に来なさい」

苦り切った声を聞いて、鈴さんが飛び上がる。彼女は僕の方に戻ろうと、一歩踏み出しかけた。

その時、ふらりとベンチから中年の女性が立ち上がる。

疲れたような顔の女性。その目は自分の足元以外何も見ていない。まるで幽霊のような雰囲気だ——僕はふっとそう感じて、ようやく気がつく。

「あの人は……まさか」

さっき覚えたささやかな違和感。

それは——ベンチに座っているあの人を見た時に感じたものだ。

なぜなら僕がホームに通っていた数日間、あの女性はいつも同じ姿勢で同じベンチに座っていたんだ。

それを僕は毎回見ていて、でも気にしていなかった。ひっそりと風景に溶け入るような存在感のなさに、それが同じ人だと気づかなかったんだ。ついさっきまであのおばあさんの連れだろうとさえ思ってた。

でも——そうじゃなかった。

「今まで僕が見てきたあの人は……全部幻視だったんだ」

動きの少ない幻視は、長時間再生される。

だから今まで僕は、一度も彼女の死の瞬間を見たことがない。ベンチに座っているだけという、長く静かな時間を見ていただけだ。

でも、どれほど時間がかかろうとも「彼ら」の行き着く先は一つだけだ。

立ち上がった中年女性――現実の彼女は、ふらりと辺りを見回す。まるで夢の中にいる目が、線路の先から近づいて来る電車を捉えた。僕はぞっと凍りつく。

「ッ、駄目だ！」

詰まった叫びが、ホームに響く。

でも女性は微動だにしない。僕の声は聞こえない。何も見ていない。

あの人はいつでもそうやって待っていたんだ。そうして繰り返し続けていた――自ら選ぶ死の瞬間を。

ホームに入ってくる電車に合わせて、女性はついに走り出す。

その先にいるのは例のサラリーマンだ。彼は自分のスマホを見ていて気づかない。

僕は駅員さんに捕まったまま叫んだ。

「危ない！」

走ってきた女性が彼にぶつかる。

正面衝突とまではいかないが、女性の左半身は彼に直撃だ。彼女はけど、ぶつかった相手のことを見てもいない。まるで何もなかったかのように線路だけを見ている。

彼女はそのまま彼を引きずって走った。

「は？　……ちょっ……何するんだ！」

腕時計か何かがスーツに引っかかったんだろう。サラリーマンがぎょっとして叫ぶ。けどその体も、女性の勢いに引っ張られてよろめいた。

普通の中年女性に見える彼女のどこに、そんな力があるのか。彼の体はずるずると線路に近づく。周囲の何人かが、その異様さに気づいて振り返った。

「やめろ！　放せ！」

電車の先頭がホームの端にかかる。けたたましい警笛が鳴り響き、駅員さんがようやく僕から手を放す。

僕はその先の惨劇を知りながら、それでも駅員さんを振り払って走り出した。

電車の鼻先が二人に迫る。

僕は追いつかない。あと十メートル、電車の方がずっと早い。

——これはきっと間に合わないだろう。

考えたくないのに、そんな失敗の予感が脳裏をよぎる。

覚えのある諦観が頭をかすめる。

でもそこに——彼女は間に合ったんだ。

「ああああっ！」

言葉にならない絶叫。

いつ走り出していたのかと言えば、多分僕よりもずっと先だ。

まるで動物のような叫びを上げて、鈴さんは二人に両手を伸ばす。

その指先が、サラリーマンの襟首に届いた。

鈴さんは男の襟首と、女性の腕を掴むと、激突する勢いでホームに引っ張りこむ。

力が拮抗《きっこう》すると見えたのは一瞬。

鈴さんは三人の中で一番細身で——けど一番、強い意志を持っていた。

それは線路に飛びこもうとする女性にとっては、完全に予想外の方向からの衝撃だ。

三人はもつれあってホームの上を転がる。

そのすぐ傍を、警笛を鳴らしながら電車が通過していった。

「……は」

息混じりの声が、自分のものか自信がない。

気がついた時僕は、倒れこんだ鈴さんのすぐ隣にいた。ホームの上にしゃがみこんで、彼女に手を伸ばす。

僕は、目を閉じた白い横顔に恐る恐る触れた。

「すず、さん……」

単なる女子大生の彼女が、二人の人間を自分の力と体重だけで引き倒したんだ。どんな怪我をしているかわからない。ただ無事であればいい。

周りは騒がしく、誰かが何かを叫んでいる。その中には「救急車！」という単語もあった。でもまだ、誰も彼女には触れていない。彼女の傍にいるのは僕だけだ。

震える指が、彼女の閉じた瞼に触れる。

近くで見ると本当に睫毛《まつげ》が長い。その睫毛がぴくりと動いて、下からうっすらと茶色の目が覗いた。小さな唇が開く。

「神長君……大丈夫？」

「それはこっちの台詞《せりふ》だよ」

僕はただ、走って暴れて散々だっただけだ。

彼女ほどのことは何もしていない。全てが裏目に出る僕の言葉を聞いてなお、幻視を覆してしまうなんてことは。

駆けつけてきた駅員さんたちが、サラリーマンの彼と中年女性を助け起こそうとする。サラリーマンはともかく、女性の方は気を失っているみたいだ。でも、それはかえってよかったのかもしれない。

鈴さんは、二人が駅員さんたちに囲まれるとようやく摑んでいた手を放した。その手に、僕は自分の手を差しのべる。

「無茶ばっかりさせて、ほんとごめん」

「お安い御用だよ」

そう言って立ちあがる鈴さんは、いつもの笑顔だ。

サロペットの下から見える足に擦り傷ができて血が滲んでる。けど、それに気づいて眉を曇らせる僕に、彼女はぽんと薄い胸を叩いた。

「頑張った証拠だから平気だよ！　ほら、そんな顔してないで褒めて褒めて！」

「鈴さんはすごいよ」

そんな言葉じゃ収まりきらない。

まったくこの人は、いつだってこうなんだ……いつだって、彼女は僕を救う。

僕は息を飲みこむと、鈴さんの手を引いた。

「行こう」

駅員さんの目は、倒れた二人に集中している。抜け出すなら今のうちだ。捕まって色々話を聞かれても困るし、鈴さんも僕も結果オーライで済まされなかったら困る。

騒々しいホームの喧噪にまぎれて、僕らはそそくさと階段を下りだした。

「ところで鈴さん、すごく助かったけど、僕待ち合わせの時間間違ってないよね」

「あ、私、三十分前には待ち合わせ場所に来て、時間になるまで周囲を徘徊《はいかい》することにしてるんだ」

「うん、意味わからない……」

「だって迷子になったりなんかあったら困るし」

「それに関しては否定できない」

本当に何から何まで、この人は最高だ。

鈴さんは改札を前に、ふと目を丸くする。

「あれ、ポケットになんか入ってた」

取り出されたそれは、この駅からの切符だ。僕はすぐに、それが誰のものかわかって噴きだす。さっきの体当たりで、鈴さんのポケットに入ってしまったんだろう。

「結局あの人、切符はなくしちゃうのか」

「神長君？」

「いや……命をなくさないでよかったよ」

上の騒ぎのせいで無人の改札に、僕は彼の切符を置いた。代わりに置き去りのままの自分のＩＣカードを拾う。

――どれほど幻視が僕を嘲笑《あざわら》おうとも、彼女がいる限り、きっと誰かの手に届くんだろう。

自動改札を抜けた鈴さんは、両手を上げて伸びをした。

「はー。神長君、急に走って疲れたから甘いもの食べようよ」

「その前に傷の手当するから。ドラッグストア行くよ」

差し出された彼女の手を、僕は取る。

そんな当たり前のことが、馬鹿らしいほどうれしかった。

8

人通りの多い休日の繁華街。ビルの間から青空を見上げて、僕は問う。
『いけるかな』
『いけるさ。大丈夫だ』
自信に満ちた言葉。僕はその言葉に安心して、一歩を踏み出す。
隣を行く「彼」はひどく大人に見えて、だから僕は最後まで予感もしなかった。
見えていても、その未来を信じてはいなかったんだ。
だから僕たちは、僕は――

『大丈夫だ……お前を一人にはしない』

その言葉だけが頭の中に残る。
残って、けど苦い記憶ごと沈んでいく。
時々夢の中に浮上してくる映像は、変えられなかった幻視の結末だ。

白日の下のアスファルト、倒れた背中。

僕は震える両手で顔を覆う。

『……こんなの、うそだ』

誰か嘘だと言ってくれ。

こんな未来が待っているのなら、僕は。

僕の、この視界は、何のために。

※

「ちょっとすみません、アンケートよろしいですか」

駅前から外れた大通りで、そんな風に話しかけられた主婦は足を止める。普段であれば一顧だにせず通り過ぎるのだろうが、今日に限って気を惹《ひ》かれたのは、多分相手が感じの良い女子大生だったからだ。

寒空の下、淡い緑のショートコートに膝丈のプリーツスカート姿の女子大生は、手に持った小さな米袋を上げて見せる。

「今ならお礼としてこちらを差し上げますので」

「お米？　ちょうど欲しかったのよね……」

買い物袋を提げた主婦は、興味ありげに女子大生の持つクリップボードを覗きこむ。

近くでそれを見た僕は思わずぎょっとしたが、さすが鈴さんぬかりはないらしい。クリップボードに挟んだ紙には、不自然じゃないことが書かれていたようだ。

鈴さんはにっこりと笑顔を見せた。

「卒論で使うんです。お手数で申し訳ないんですけど」

「あら、そうなの？」

大学生と聞いて、主婦の警戒はさらに緩む。この近辺にある大学は、僕の大学か鈴さんの女子大かのどちらかだ。そしてその両方が近隣の住人からそこそこよい評判を得ている。もちろん、今回の作戦はそこまで考慮してのものだ。

僕はスマホの時計を確認する。

デジタルで表示されていた分数が五十九を回り、時間の表示がぱっと変わる。

その瞬間、激しい激突音と共に車が目の前のショーウィンドウへと突っこんだ。

驚愕が生む一瞬の空白。

ガラスが粉々に割れ、辺りから悲鳴が上がる。

その悲鳴で我に返ったように、周囲の人々はあわただしく動き始めた。ある人は警察に電話をし、ある人はスマホのカメラを向ける。ざわめきと共に野次馬が加速度的に集まっていくのを、僕は苦い思いで見やった。

――ともあれ、今回のミッションはこれで終わりだ。

買い物袋を提げた主婦は、すぐ傍で起きた事故に驚いていたが、ほうと溜息をつくと振り返った。

「びっくりしたわ……恐いわね、って、あれ？」

そこにはもう鈴さんの姿はない。僕は彼女と並んで手近な角を曲がりながら、クリップボードを覗きこんだ。

「このアンケートって何？」

「毎日の家事労働の平均について。家政学部の友達に借りてきたの」

「なるほど。それっぽい」

お米がもらえるかもと思った主婦には気の毒だが、これくらいは勘弁してほしい。何しろ彼女は、あの車の暴走に巻きこまれて死ぬところだったのだから。

鈴さんと行動するようになって、一か月あまり。

変えられた幻視の人数はこれで六人目だ。最初の頃は要領がつかめずに危ない橋ばかりを渡ってきたけど、最近はだいぶこつがわかってきた。

おかげで今では行動範囲を二駅先まで広げている。酔っぱらって路上で寝たまま凍死してしまう人は警察に通報したり、左折する車に巻きこまれる自転車は、声かけでスピードをずらしたりと、取った対応策は様々だ。

それら全てに共通するのは、「鈴さんが僕の予想までも裏切ってくる」ということ。つまり純粋に僕の観測外の動きこそが、未来を変え得るってことなんだろう。

その点、鈴さんは大体常に僕にとっては予想外だ。予想外すぎて時々いい加減にしてほしい。幻視を覆す相方としてこれくらいぴったりの人材はいないけど、これくらい一緒にいて疲れる人もそうはいないと思う。

鈴さんは、クリップボードとお米をトートバックに入れる。

「やっぱり、お米は人の心を動かすよね。お米をくれるっていうと、『いい人だ！』って思うもんね」

「それは個人の感想によるかな……」

「私も、どんな粗品なら話聞いてくれるかなって迷ったんだよ。ほら、長ネギとかさ。長ネギは必需品でしょ？」

「知らないよ……それにあの人、買い物袋から長ネギ出てたよ……そんなにいっぱい要らないだろ」

「ネギとご飯があったら、ネギ丼ができるよね……神長君、次のお昼は丼屋さん行かない？　あ、ちゃんと親子丼あるところにするから」

「確かに親子丼好きだけど、なんで知ってるんだ！」

「あ、それともオムライスにする？　私、とろとろ卵がおいしいところ知ってるよ」

「あいかわらず平常運転で人の話を聞かないなあ！　別にいいけど！」

親子丼もオムライスも確かに大好きだけど、鈴さんに好物とか特に話した記憶がないぞ。恐いなこの人。エスパーか。

けどエスパーはともかく、そろそろ新しいお店を開拓したい気もする。大体鈴さんと一緒に入る店は、この調子で騒いでしまうから、何度も行けなくなるんだ。非常に遺憾である。

大きな溜息をついた時、ちょうど鞄の中からメールの着信音が聞こえる。取り出して見てみると、送り主は目の前にいる鈴さんだ。送られた文面には『つけ麺が食べたい』とあった。

「……なんだこれ」

「あ、それ、予約送信にしてみたの。昨日の夜、つけ麵食べたいなあって思って」

「直接言えよ」

「時間が経つと、食べたかったこと忘れちゃうかと思って」

「忘れてるなら、それはもう食べたいものじゃないんだよ！」

本当なんかずれてるな、この人。

僕たちは仕方なくつけ麵を食べることにした。細めのストレート麵に出汁のきいた塩風味のスープがよく合って、実においしかった。最後のスープ割りもよかったし、おいしいせいか鈴さんが終始無言だったのでちょうどよかった。また今度あそこに行こう。

すっかり満腹になった僕たちは、腹ごなしに徒歩で女子大の方へと歩き出した。その途中の住宅街で、僕はふと辺りを見回す。

あることに気づいて目を瞠って——鈴さんがその気配を感じたのか振り返った。

「どうしたの、神長君。何か見えた？」

「……いや、何も見えない」

少しだけ歯切れの悪い言葉に、鈴さんは怪訝そうな顔になった。それでも突っこんで聞いてこないのは、彼女も思うところがあるからだろう。

そして、僕の答えは嘘じゃない。

――一月前は見えていた女性の薄い幻視が、いつの間にか見えなくなっている。美大生が就活でもしてたのか、スーツ姿でスケッチブックを持っていた彼女だ。あの透け具合からして、少なくとも半年以上先に亡くなる人かと思っていた。実は命救う団を始めてから今まで、何度か一人で確認には来ていて……でも一向に色が濃くなる気配はなかったんだ。

それが今は見えなくなっている。記憶にある限り、こんなことは初めてだ。幻視が消える時はそれが現実になった時か、僕たちが介入して死を妨害できた時だけで、その他の事例は知らない。僕の目に見えなくなっただけで、本当はまだ幻視が存在してるのかもしれないけど……こういう視力が落ちるってことはあるんだろうか。

「それとも、僕たちの他に命救う団がいたりして」

「ん？　神長君、何か言った？」

「何にも」

こんなこと鈴さんに知られたら、「その同志を探そう！」とか言い出して面倒なことになる気がする。大体のことに一直線な彼女を、僕はそっとうかがい見た。

ふわふわと緩く波打つ長い髪に、愛らしい顔立ち。まるで等身大の人形のような造作は、アンティークなレースのドレスを着たらよく似合うかもしれない。

だが当の鈴さんはその性格を反映してか大体動きやすそうな格好だ。今日も大きめのニットセーターにスキニージーンズを履いている。指にばんそうこうを巻いているのは、この間の幻視対応の時、軽い切り傷ができてしまったからだ。幻視対策をし始めてから、僕も鈴さんもあちこちに生傷を負ってしまっている。彼女がどこかをすりむく度に自分の不甲斐《ふがい》なさが身に染みる。

――こんなことでは、彼女自身の命を守るのにも苦労するだろう。

幻視で見えた未来を覆す。その最たる課題が、鈴さん自身の死の回避だ。少なくとも僕は、それを忘れたことはない。

いつもの公園でベンチに座っている彼女が、ずっと心のよりどころだったんだ。そんな鈴さんの死を防ぐという使命が、おそらく僕に与えられた最大の課題だ。

「問題は、それがいつになるのかってことだけどな……」

幻視の鈴さんはショートカットで、冬物のジャケットにロングのフレアスカートだった。同じ冬でも今の鈴さんとはまったく違う服装なのを見ると、ひょっとしたら来年の冬まで猶予があるのかもしれない。今までずっと透けたままだったから、正直全然予測がつかない。どういう理由か、鈴さんの幻視は初めて会った頃から、薄いままほとんど変わっていないんだ。

だから今のところ、幻視で見える外見とかから見当つけるしかないんだけど……鈴さんは変な人だから、真夏に冬物ジャケットって可能性もある。それくらいやりかねない。そんな人、僕への嫌がらせにしか思えないけど。

——もし、あと一年が期限だとしたら。

それはきっと、早いようで短い期間だ。その間に僕は、鈴さんの幻視の打開方法を探さなければならない。

もっとも現実的なのは、鈴さん以外の協力者を得るということだ。対象が鈴さんである以上、きっと彼女自身の行動は幻視に織りこみ済みになる。それは観測者である僕も同様だ。

——だから、もっと別のきっかけで転機を作る必要がある。

「他の誰かか……」

けど、他に誰がこんな突拍子もない話を聞いてくれるっていうんだろう。

今まで幻視について話したみんなが、僕のことを呆れた目で見て——

『へえ……そんなものが見えるんだ。すごいな』

ふっとそんな声が、頭の中で響く。

知らないはずの声……いや、違う。僕はこの声を聞いたことがある。

「これは……」

口の中で呟きながら考えこむ僕の手を、ひょいと鈴さんが取った。思考を中断された僕は繋がれた手を一瞥する。

「どうしたの」

「ほら、見て見て」

鈴さんが指差したのは、通りに面した小さな雑貨店のウィンドウだ。そこに今は、手をつないだ僕たち二人が映っている。更に後ろを新入社員らしい灰色スーツの青年が通り過ぎていくけど、彼女が示しているのは僕たちの方だろう。

僕は、嬉しそうにしているウィンドウの中の鈴さんに尋ねる。

「うん、映ってるね。それがどうかしたの?」

「……ぶー。神長君の反応つまんない……」

「どんな反応を期待してたんだ……」

「もっとこう……私たちがどういう風に見えるかとか」

「命救う団に見えるんじゃない？」

「二人は団じゃないって言ったのに！」

不満たらたらの鈴さんだけど、その気まぐれにいつもいつも付き合ってあげられるわけじゃない。いつも付き合ってないけど、今日も同様だ。多分永遠に変わらない。

僕は鈴さんと手を繋いだまま歩き出す。人も車も通らない道に、彼女のよく通る声だけが聞こえた。

「最近は、あんまりこの辺りだと幻視は見えない感じ？」

「そうだね。元々人通りが多くないところだし。見えたとしてもすぐ命救う団がなんとかしようとするしね」

「成果が目に見えるって励みになるなあ。あ、私には見えないんだけど」

「そうだね」

僕の目にしか「彼ら」は見えない。だから極端な話、僕は見えている幻視について、「そんなものは存在してない」と嘘をつくこともできる。

けど、鈴さんは今のところそれに関しては僕を疑ってないみたいだ。僕もだから、とりたてて嘘はついていない。いつかこの手段を使うことがあるかもしれないと思いつつ、そのいつかはまだ来ていない。

時折吹く冷たい風に、僕はコートの襟を立てた。

「鈴さんが時間あるんだったら、また別の場所に行ってもいいよ。あ、でも十二月に入ったし、テストとかあるのかな」

「大学のテストは年明けてからだから大丈夫。でも神長君、あんまり人の多い街に行ったりすると、それはそれで大変でしょう?」

「まあね」

都心の繁華街なんかは、さすがに母数が多いだけあって幻視の数も多くなる。

「正直、人混みの中なんかだと現実の人間と幻視の区別がつかないんだ。人を避けようとして幻視だってこともあるし、突然人混みでひどい光景を見ることもある。そういうのってやっぱり心臓に悪いんだよね」

だから僕は、基本的にはそういった人の多いところには出ない。

例外はもちろんあるけど……あれは一体、いつのことだったろうな。

確か、よく晴れた日だった。場所は……池袋《いけぶくろ》、だったかな。相変わらずよく思い出せない。

ただ、人が多くて、車道に溢《あふ》れるほど歩いていて、

けどその時は……確か、馬鹿みたいに車道が閑散としていて、
なぜなら、それは――

「……っ」

不意にずきりと頭が痛む。さっきも感じた胸のざわめきが広がる。
瞼の裏側に、見知らぬ光景がよぎった。
昼日中の街中、アスファルトの上に広がる血溜まり。
白いラインの横断歩道。
人々の悲鳴が聞こえる。あちこちで何人もが倒れている。
彼らを助けようと奔走する人と、逃げまどう人と。
横たわって動かない背中。溢れ出す血。
あの時、僕は一体何を。
そして、「彼」は――

「神長君⁉」
悲鳴じみた声に名前を呼ばれて、僕はゆっくり目線を上げた。

そこには鈴さんがいて、心配そうに僕を覗きこんでいる。彼女の両手はいつのまにか僕の肩を掴んでいた。

「あれ……ごめん、ぼけっとしてみたいだ」

「急に止まるからびっくりしたよ。あと顔がひどいよ」

「……鈴さんのその言葉がひどいよ」

それを言うなら、顔色が悪いとかだと思う。

僕はじっとりと汗の滲む額を手で拭おうとした。鈴さんが気づいて、ハンカチを貸してくれる。ふわふわピンクのタオルハンカチには、子豚の刺繍《ししゅう》がされていた。まるで幼稚園児の持ち物みたいだ。僕は思わず噴き出して……無意識に止めていたらしい息を吐きだす。

「ありがとう。洗って返すでいい？」

「そのままでいいよ。神長君、洗濯とかしないでしょ」

「洗濯機くらい使えるよ……水と洗剤を入れてからボタン押すだけだろ」

「その発言でもうアウトだよ」

「………」

何が駄目だったんだろう。洗剤を入れる手順とかあったんだろうか。

　とは言え、家事を母親に頼りきりなのは事実だ。僕はハンカチをバッグにしまうと気分を切り替えようとする。

　ただそれでも、体はすぐには切り替わらない。脳裏をちらちらと例の映像がよぎる。そうしていると、まるで無理に飲みこんだ小石が、いくつも胃の中に溜まっていくようだ。憂鬱を引いて進む足取りはいびつで、僕は何もない路上に立ち止まりたくなった。

　歩調の緩みに気づいて、鈴さんが僕を覗きこむ。

「本当にどうしたの？　真冬だけど熱射病とか？」

「さすがにそれはないよ。ただ……ちょっと気分が悪いだけ」

　今の映像は、まるで白昼夢を見ていたみたいだった。

　もっと言うならそれは正真正銘の悪夢だ。手繰り寄せようとすれば途端に霧散しそうで、でも何もしなくても消えて行ってしまうもの――僕が無意識のうちに「そうであれ」と望んだものだ。

　僕は汗で冷たい掌を握りしめる。

「平気だよ。ちょっと立ちくらみがしただけ」

「本当に？　実は不治の病だったりしない？」

「しない。元気元気。めちゃくちゃ元気」

いい加減な返事をして、またうつむきかけた僕は、けど鈴さんに突然手を引っ張られて転びそうになった。あわてて踏みとどまると非難の声を上げる。

「ちょっ、あぶないだろ！」

「あ、こっち見てくれた」

大きな瞳、愛らしい顔がふっと綻ぶ。

それはまるで、陽光のようだ。

人の善意を疑わないだろうまなざし。自分の意志を吐く唇が、穏やかに微笑む。

「大丈夫。私がついてるし。一人じゃないよ」

「………」

「神長君は、そうやって前見てる方がいいって。ほら、その方が転ばないし」

「今転びかけたのは、鈴さんのせいだよ」

「そうだね！」

あ、駄目だ。この人悪びれない。

でもその笑顔は腹の立つものじゃない。むしろその反対だ。

彼女の言葉は、いつも僕を救いあげてくれる。うつむいて立ち止まりそうな時に、前を向かせてくれるんだ。これはもう、彼女の持つ天性だろう。

僕は温かな手を握り返す。

この手を失わないためにどうすればいいのか。今までだってずっと失敗続きで、彼女の手を借りてようやく、ぽつぽつと人が救えるようになったっていうのに。

――ああ……でも、ひょっとして……「彼」なら。


僕は目を見開く。

思いついたのは単純なことだ。鈴さん以外の協力者を見つける――つまりはそれだけのことだ。成功率は不明だし、そもそも「彼」を見つけられるかもわからない。

でももし、もう一度「彼」に会えるのなら。

可能性は、きっと生まれるはずだ。

確かに見えた道筋に、僕は密かに息をつく。

「わかった。気をつけるよ。鈴さんと一緒じゃ、なおさら危ないしね」

「え、私は転ばないよ？」

「白々しい嘘をつくな」

鈴さんは平らなところでも僕を巻きこんで転びそうだ。ばんそうこうを巻いた指を、僕は握りなおす。その確かさに支えられて、僕は口を開いた。

「あのさ……僕の昔の記憶が曖昧だって話は、前にしたよね」

「うん」

「そういう記憶は基本的に思い出せないんだけど、たまに夢に見たりするんだ。内容のほとんどは起きた瞬間に忘れちゃうんだけど……」

目覚めた時のあの気分は、人にうまく伝える自信がない。

自分が、ひどく大事なものを失ってしまったのだという絶望。

でもそれが何なのか思い出せない。ただ「ない」ということだけがわかる。そしてそれが、自分のせいで失って、更には自分の弱さのせいで忘れるしかなかったのだということも。

そんな朝は端的に言って最悪だ。最悪だけど、全部自分のせいだ。

「最近そういう夢の気配を、起きていても時々感じるんだ。白昼夢ってほどはっきりとしたものじゃない。ただフラッシュバックっていうか……」

と言っても、ここまではっきりと感じ取れたのは、最近が初めてかもしれない。鈴さんと出会って、幻視に向き合うようになってから、僕にも変化が出てきたんだろうか。

言葉を切らせた僕に、鈴さんは軽く目を瞠る。

「ひょっとして、何か思い出したの？」

「思い出したってほどはっきりしたものじゃないけどね。ただの断片映像だ。それがどんな出来事かまではわからない。でも……」

僕はそこで、自分の中の開かない引き出しを振り返る。

固くしまったままのそこは、「彼」の名前を教えてくれない。

僕は、熱を持つ瞼を閉ざした。

「でもそこには、僕の言葉を信じてくれた人がいる。うっすらとだけどそう感じる」

僕と共に走ってくれた人。いつかの時に、並んでくれていた「彼」がその人だ。

何があったにせよ、その「彼」の記憶を語れない自分を、本当に不甲斐なく思う。

「思い出せないのは、自分が弱いからだってわかってる」

「神長君、それは……」

「いいんだ。事実だから。けどこの先……何か失敗したら鈴さんのことも忘れてしまうのかな、って……」

その手を取れずに、助けられないまま終わるなら。

また僕は、彼女の記憶ごと苦い失敗を封じこめてしまうのかもしれない。

けどそれは——あってはならないことだ。

「僕としては、鈴さんみたいに無茶苦茶な人を忘れるのは難しいだろうって思うけど、物事に絶対はないしね。できれば、保険をかけておきたい」

「保険？」

「ああ。もし僕が、昔協力してくれた『彼』のことを思い出せたら……もう一回、お願いしてみようと思う。僕を信じて助けてくれって」

頭を下げて懇願する。正直に言うんだ。『鈴さんを助けて欲しい』って。

困惑されてしまうかもしれないけど、必死で頼めばきっと手を貸してくれる。

はっきり覚えていなくてもわかるんだ。「彼」はそういう人だって。

だからどうか、もう一度だけわがままを言わせて欲しい。

僕と一緒に、どうか。

鈴さんはすぐには何も言わなかった。

そんな風に彼女が黙るなんて珍しい。僕は彼女の顔を見やる。

「鈴さん？　どうかした？」

「あ、ううん。何でもない。……ちょっとうれしくて」

「嬉しい？　何が？」

「神長君が、自分から自分のことに前向きになってくれてることが」

「前向きって言っても、過去についてだけどね。後ろ向きだよ」

自分が耐えきれず忘れてしまった過去を思い出そうっていうんだから、スタートはマイナス振り切った状態だ。どっちかというと、思い出せてようやくプラマイゼロだろう。今はまだそこまで行けていない。

苦笑する僕に、けど鈴さんはかぶりを振る。

「そんなことないよ。でも大丈夫？　思い出そうとするの負担になるでしょ？」

「負担になるだろうけど……やっぱり、いつかは向き合わなきゃいけないと思う」

少なくとも「彼ら」から目を背けて生きるんじゃなく、「彼ら」を救おうとするなら、僕は過去の失敗にも目を向けなきゃいけない。亀の歩みであっても、きっと進まなきゃいけない道だ。

「それにさ、もし鈴さんが将来自分のこと忘れられたら、やっぱ腹立つだろ？　こんなに色々やったのにさ。だから『彼』のこともちゃんと思い出して、謝りに行くよ。ごめんなさい、ありがとうって」

それで許されるとは思わないけど、もう一度向き合えるなら向き合いたい。「彼」とまた話がしたいんだ。今度こそ、ちゃんと友達として。

けど——ずいぶん柄にもないことを言った気がする。

恥ずかしくなって僕は鈴さんから目を逸らした。何となく道脇の塀を見て歩く僕に、美しいほど優しい声が聞こえる。

「私は、神長君が私のこと忘れちゃっても、腹は立たないよ」

ベンチに座しているかのような、穏やかな声音。

それは冬の空気に溶け入る響きだ。鈴さんの微笑む気配がする。

「神長君がそれで落ちこんだり悲しんだりしないで、幸せに暮らせるならいいよ」

「……心が広すぎだろ」

まるで聖人みたいなことを言われても。そんなのかえって落ち着かない。忘れるな、って念を押してくれる方がいい。

何だか毒気を抜かれて、僕は頬をかいた。

「鈴さんは、なんで誰にでもそんな親切なんだよ。自分だけ損するぞ」

「別に誰にでもじゃないよ。神長君だからだよ」

「え？　なんで？」

何だそれ。ますます意味がわからない。

これはとんだ落とし穴とかあるんだろうか。反射的に警戒態勢として両手を上げる僕に、鈴さんは目を丸くする。

けどすぐに、彼女はふっと破顔しなおした。

「最初から神長君には、初めて会った気がしないからだね」

「それは僕もなんだけど」

「ならお互い様だね。やったー！」

「何がやったなんだよ……」

子供のように喜ぶ彼女は、けど僕が視線を外しかけた瞬間、ふっと物憂げに目を伏せる。その目に宿る感情を見て、僕は思わず息を止めた。

——誰かを喪ったことのある人間の、痛みを飲みこむまなざし。

そんな鈴さんの顔を見るのは初めてだ。驚く僕に気づかないまま、彼女は淡く微笑んだ。

「だから……その人のこと思い出せなくても、きっとその人も別に怒ったりしないよ。

それで神長君が幸せなら、別にいいからって言うと思うよ」

「………鈴さん」

「むしろ、こうやって思い出そうとしてくれたことだけで、喜んでくれると思う」

そう言って僕を見る彼女は、もういつもの曇りない鈴さんだ。その笑顔には後悔も悲嘆もない。彼女はきっと、そういうものを人にさらさない。自分の抱える喪失を見せないまま、笑顔で「人を助けよう！」って言う。……そんな人だ。

だから僕も、何も聞かないまま頷く。彼女らしいよくわからない言葉を、わからないまま飲みこむ。

こんな時、気の利いたことを何も言えない自分が、ただ悔しかった。


まもなく道の先に女子大のキャンパスの森が見えてくる。

バスも通る道路沿いには、同じように通学する女子大生が何人も歩いていた。僕は隣の彼女に尋ねる。

「鈴さんの講義は三限からだっけ」

「うん。今日は当てられない日だから大丈夫。一応予習はしてきたけど。難しいから三時間かかった……」

「大学生もなかなか苦労が多そうだね」

「楽しいけどね！　神長君にもお勧め！」

「勉強が楽しいって思ったことは、まだないかな……」

不登校やってるくらいだし、お勧めされても耳が痛い。第一、あんまり大学行かないと除籍されちゃうんじゃないだろうか。これは僕にもよくわからないぞ。後で調べておいた方がいいかもしれない。

でもそれはそれとして、僕は鈴さんに返した。

「まあ、そのうち勉強もやるよ。もう少し余裕ができたら」

鈴さんといると、いつかそれができる気がする。何となく本人には言いたくないけど。言ったら妙にテンション上がりそうだし。

彼女は、少し考えこむように冬の空を見上げる。

そして一人納得したように頷いた。

「そっか。色々あるもんね」

「ご心配おかけしてます」

僕は、空いた方の手で伸び気味の髪をかきまわす。冷えた空は、ちぐはぐな僕たちの上にも平等だ。鈴さんは正門近くまで来ると、僕に言った。

「あ、昔のことを思い出そうとする時は、私と一緒の時にしてね」

「なんで」

「だってなんかうまくいかなくて、『俺は……誰だ……』みたいになったら困るし」

「ならない。それ何か元ネタあるの？」

「名作だよ。私はリメイク版を買う予定」

「だから元ネタなんだよ……」

鈴さんって結構多趣味だから、謎な発言もあるんだよな。小説も読むけどマンガもゲームも好きみたいだ。僕はそっちの方はよくわからない。

「まあ、思い出そうとして思い出せるかも自信ないし、その辺は適当で」

「うーん、でも心配だし約束しよう。約束、はい指きり！」

「嘘をついても針は飲まない……」

相変わらずの強引さなので、適当にあしらって僕は話を終える。鈴さんはそれでも何か言いたげにしていたけど、もう正門前だ。授業に出る彼女とそこで別れると、僕はいつもの公園に向かうことにした。

女子大の裏側とあって、人通りのない住宅街を僕はのんびりと歩いていく。

「ああ言われたけど、できれば鈴さんのいない時に思い出していきたいよな……」

忘れるだけの理由があったものを思い出すんだ。泣いたりわめいたり、そういう状態になってもおかしくないし、できれば鈴さんにそんなところは見せたくない。

「けど具体的にどうやって思い出せばいいんだろ」

フラッシュバックの断片に意識を集中してみるか……それはけど、鈴さんじゃないけどちょっと危ない気もする。

「他に何か――」

どこかに当時のことがわかるものが何か残ってたりしないだろうか。

そう考えた僕は……不意に机の下にあったあの缶のことを思い出した。

ガムテープでぐるぐる巻きにされた、僕の名だけが書かれた缶。あの厳重さからいって、中に入っているものは重大なものなんじゃないだろうか。

「……日記とか？」

だとしたら、あれを開けてみれば前進するものがあるはずだ。封印されたものに触れるのは、正直言って抵抗があるけど……他に思いつく手がかりもない。

「本当は、もっと普通のことから思い出したいんだけどな……」

鈴さんとあちこち食べ歩きをしているように、「彼」ともそういう当たり前の出来事があったはずだ。触れようとしても触れられない、ただ「あった気がする」という空白だけが、確かに僕の中にある。

そしてそれはとても……悲しいことだ。

この空白を僕が自覚している限り、僕はずっと正体の知れない後悔を抱き続けていくんだろう。それでも幸せだと思えるかは人それぞれだ。

「……思い出したいな」

ぽつりと、無意識のまま吐いた言葉に、僕は自分で驚く。

鈴さんを助けたいってのはもちろんあるけど、やっぱり僕は——思い出したいんだ。

そしてまた「彼」に会いたい。

こんな風に思えるようになったのは、彼女のおかげだろう。

彼女のおかげで前を見られるようになった。過去を見てるって、後ろ向きにも思えるけど、僕にとってはやっぱり前なんだ。

僕は顔を上げて、住宅街の路地を曲がる。

そしてそこで——足を止めた。

「なんだあれ……」

少し先の曲がり角を行ったり来たりしている人影。

よく見るとそれは、赤ちゃんを抱いた若い女性だ。彼女はまるで反復横跳びをしているように、角の向こうに消えたり現れたりしている。すぐには理解できない光景に僕は顔をしかめた。

「育児ノイローゼによる奇行……とか？」

だとしたら気の毒だとは思うけど、どうしたらいいのかわからない。できるとしたら、とりあえず話を聞いてみることくらいだろうか。

けどそう思った僕は、すぐにそれが勘違いだと気づいた。

「あれは――」

息を飲む。

おかしいと、思った時には既に僕は駆けだしていた。右往左往している母親のすぐ前で足を止める。

だが相手は、突然走ってきた僕になんの反応も見せない。

当然のことだ。彼女は――幻視の「彼ら」なのだから。

「……嘘だろ」

死の瞬間を繰り返し続ける「彼ら」の姿。

幻視を何度も見ているはずなのに、僕が思わずそう口にしてしまったのは、それが明らかに異常事態だったからだ。

彼女は、赤ん坊を抱いている。

それはつまり——この小さな赤ん坊も、母親に抱かれたまま死ぬ、ということだ。

「まずいな……」

遠目から見て、実物と見間違えたくらいの濃さだ。そう先の時間のことじゃない。一体いつ実現するのか。相談しようにも鈴さんの講義は、確か今日は六限まであるはずだ。僕はまだ高い日を見上げる。

——まず、原因を探るのが第一だ。

そう自分に言い聞かせる。これがわからなければ、どうしようもない。

もちろん、思いこみで原因を勘違いするなんてことがないよう、ある程度は柔軟に構えてなきゃいけない。それでも選択肢を絞ることは必要だ。

僕はスマホを取り出し角の写真を一枚撮る。当然幻視は映らないけど、それは承知の上だ。スマホをしまうと、僕はあらためてじっと母子の幻視を注視する。

スタートは、角の向こうを歩いているところだ。

赤ん坊を抱いた母親が、道の端を問題の角に向かって歩いている。そこにおかしなところはない。

――異変が起きるのは、母親が何かに気づいて背後を振り返ってからだ。

最初に振り返って、けどすぐに彼女は前を向きなおす。

見えたものが大したものじゃなかったからかもしれない。でも母親は少し何かを考えこむようにして、もう一度後ろを見た。

そして今度は、びくりと固まる。

「何を見たんだ……？」

透けてはいるけど、表情の変化はよくわかる。最初に振り返った母親は「何か」を見て、けどそれを「普通のもの」だと判断した。

けど、やっぱり違和感を覚えてもう一度確かめた――そして多分、恐怖したんだ。

母親は、赤ん坊を抱いたまま駆け出して、角を曲がる。

そこででも、一度引き返してるんだ。

遠くから反復横跳びに見えたのは、幻視が繰り返してるせいだけじゃなくこの動きも原因みたいだ。彼女は一旦踵を返して二、三歩戻ってから、また角を曲がろうとする。そこで大きく目を見開き——ぐらりと壁側によろける。

彼女は赤ん坊を抱いたまま、一度大きく震えて、そうしてしばらく硬直した後、ゆっくりと崩れ落ちた。

理解できるようなできないような動きに、僕は悩む。

「……全然わからないな」

なんだこれ、ぶっちゃけると死因がわからないぞ。

大体、なんで赤ん坊まで死ぬことになるんだろう。ぱっと見、母親に抱っこされたまま母親が倒れたって感じなんだけど……。

これがブロック塀の角なら、壁に頭をぶつけたとかも考えるんだけど、この角は垣根になってる。頭を突っこんでもせいぜい枝で傷だらけになるくらいだし、そもそもあんまり手入れしていないらしくあちこち大穴だらけだ。小学生男子が喜びそう。

「参った……時間がないってのに」

鈴さんに意見を聞いてみたい気もするけど、正直鈴さんの推理は当たった試しがない。僕の的中率が八割で、でも僕一人じゃ幻視を覆すことはできないって感じだ。

僕は母親が倒れるすぐ真横にしゃがみこむ。

悪趣味ではあるけど、死に至るまでの最期の時間をよく観察しようと思ったんだ。

――そして目にしたのは、人が突然の死の間際に、みんなするような表情だ。

つまりは、驚きと恐怖。

「何かの発作か……？　いやでもな……」

僕は周囲の景色を見回す。住宅街のただなかのここは、ほとんどの住人が仕事に行っているのか人気がない。白昼の無人ってやつだ。

道もそう広いものじゃなくて、歩道はなく、車道もセンターラインが引かれていない。ちょっと大きい車同士なら、どちらかが端に寄らなければすれ違うのも難しいだろう。

「……交通事故、とか」

こういう場所で怪しいのはそれだ。母親が一度振り返ったのにすぐには気にしないのも、角を行ったり来たりしているのも、相手が車だとすれば説明がつく。彼女は最初、走ってくる車を見て、軽い違和感を覚えたんだ。だからもう一度振り返った。

そしておそらく――運転席の異常に気づいた。角を行ったり来たりしてるのは、迫ってくる車を避けようとしたからだ。母親の倒れ方に違和感はあるけど、時間がない以上、一番可能性の高そうなものに賭けるしかない。

「これは……どのパターンなら止められるか……」

交通事故を防いだケースは、今までにも確か何件かある。鈴さんと最初に会った時の女子高生の一件から、今日の主婦の件まで。当然ながら基本は、「いかに加害者と被害者を引き離すか」だ。

「……よし」

とりあえず、やれることをやるしかない。

僕は鞄の中からノートを取り出すと、一枚破って「車に注意！」と書いた。角の向こう、母親が振り返る地点の更に手前の垣根の枝に突きさす。

手書きのノートの張り紙なんて怪しいことこの上ないけど、だからこそかえって目を留めてもらえるかもしれない。

けど、僕の行動はきっと大抵が幻視に織りこみ済みだ。だから僕は、スマホを取り出すと鈴さんにメールを打った。

『タイトル：緊急（神長）

本文：学校裏の住宅街にて、子供を連れた母親の幻視あり。時間的にあまり猶予はなさそうなので、気づいたら来てください』

そうして僕は最後に現在地の位置情報を挿入する。

彼女がいつこのメールに気づいてくれるのか、気づいていつここに来てくれるかはわからない。でも、いつまでも鈴さんだけを頼りにはしてられない。思ったより突然の話だけど——ここがきっと分岐点だ。

僕は母親が来るであろう道の先に向かって歩き出す。

今の幻視の濃さじゃ、もうここから離れすぎない方がいい。おそらく現実になるまで、長くてもあと二時間ってところじゃないだろうか。少なくとも、赤ん坊を連れて散歩に出るなら、日がまだ高いうちのはずだ。

「とりあえず、姿はまだなし……か」

できるなら、先に母親を捕まえたい。ここを中心にして、ぐるぐると辺りを回ってみた方がいいだろう。

僕は幻視が見える角を振り返りながら、次の路地の角を曲がる。

幸いこの辺りは碁盤の目状になっていて現在位置は把握しやすい。僕は母親を探して、立ち並ぶ戸建てを眺めていった。

注目しているのは子供がいる家かどうかだ。ベランダや庭に干されている洗濯物を見ていくが、そもそもそういった生活感を感じさせない家も多い。

また角を曲がる。道の先には、ポメラニアンを散歩させている老人がいた。ふわふわの毛の塊が道を歩いてくる様は、こんな状況でもちょっとなごむ。僕はそこで、ふと思いついてお年寄りに駆け寄った。

「あの、すみません。この辺で赤ちゃんを抱いた若いお母さん見ませんでしたか？」

「赤ちゃんを抱いたお母さん？」

「はい。さっきハンカチを落とすのを見て、でも追いかけようとしてるうちに見失っちゃって……」

僕はバッグからピンクのタオルハンカチを取り出す。それは鈴さんにさっき借りたものだけど、いかにも小さな子供のいるお母さんの持ち物に見える。

老人は納得してくれたらしく頷いて、けど答えは芳しいものじゃなかった。

「確かにこの辺はよく散歩してる母親がいるけど、今日はまだ見てないなあ」

「あ、そうなんですか。すみません」

うーん、残念。でも近づいてきてる気はする。僕は次の角を曲がって、元の場所に戻ろうかと考えた。

でもその時、道の先から聞き慣れた声が響く。

「神長君！」

「あれ、鈴さん……」

そこにいるのは授業に出ているはずの彼女だ。彼女はぱたぱたと小走りに駆け寄ると言った。

「休講でお蕎麦《そば》食べてたらメールが来たから。来てみたよ」

「ありがとう……でもさっき、僕とお昼食べてたよね」

「お蕎麦はご飯じゃないから」

「ご飯だよ！　れっきとした炭水化物だ！　しかもさっき食べてたのつけ麵だろ！」

何言ってんだこの人。よくそれで今のスタイル維持できてるな。

でも正直助かった。驚く老人をよそに、僕は手早く指示する。

「さっきのメールの座標が現場で、交通事故が怪しいかなって感じなんだけど。多分、そう先の時間じゃない」

鈴さんが来てくれたなら、いくらでも止めようはある。僕が緊張しながらも、ちょっとだけ安心した時、けど後ろにいたお年寄りが突然叫んだ。

「あ、こら！　カンタ！」

リードが外れてしまったのか、首輪だけになったポメラニアンが一目散に走っていく。僕が来た道を逆に逃げていく犬を、老人があわてて追いかけた。

僕と鈴さんは顔を見合わせる。すぐに僕は決断した。

「僕が捕まえる。鈴さんは反対回りで行って。メールの座標で会おう」

「わかった！　がんばってね！」

「鈴さんは車に気を付けて。無茶しないように」

それだけ言い残すと、僕はお年寄りの後を追った。ポメラニアンはさすがの速度で先の角を曲がる。僕は飼い主を追い抜いて、ポメラニアンとの距離を詰めた。

その時、どこかから微かに女性の声が聞こえる。

「――――ぁ……」

「え？」

聞き間違いか？　なんて言ったかよくわからなかった。

僕はポメラニアンと同じ角を右に曲がろうとして――

「うわっ」

左から軽自動車のバンが走ってくる。左右を確認しないで飛び出しかけた僕は、危うくそれにぶつかりそうになった。

けどなんとか後ろへ飛びのく。

ってこれポメラニアンが轢かれちゃわないか⁉　それにバンが進んだ先は問題の角だ。鈴さんなら車には気を付けるだろうけどって。

直後、ブレーキ音が聞こえる。案の定ポメラニアンだ。体勢を整えなおして角を曲がった僕の目に、走り去っていく銀色のバンの後姿が見える。

そして僕は、バンの通り過ぎた後の角を見た。

「……あれ？」

なんの変哲もない住宅街。

だけど僕の目にだけは、それは異常に映る。

何かあるから異常なんじゃない。あったはずのものがないから、おかしい。

「なんでそんな……」

車から逃れたポメラニアンを、老人が追いかけていく。彼が走っていく先、僕は呆然と、垣根のある角を見つめた。

そこにはなぜかもう――あるはずの幻視が見えなかった。

9

『やっぱり、危ない幻視ってのはあるんだと思う』

『危ない幻視？』

そんなことを「彼」は言う。目の前の池には波紋一つない。

いつものベンチに座る僕たちは、たこ焼きを食べながらのんびりした時間を過ごしていた。けど「彼」は、珍しく何かを考えこんでるみたいだ。

『ずっと薄いままの幻視に共通するものって、お前は何だと思う？』

『……わからない、けど』

僕の答えに、「彼」はそれきり黙りこんだ。

空を雲が流れていく。池の水面に鳥が舞い降りる。

平穏に思えた日々。

僕たちは、それから昨日のテレビの話をして、たこ焼きを食べた。

明日の約束はしなかった。それでも会えると思っていたからだ。

そんな時間を当たり前に重ねていたあの頃、僕は確かに……幸せだった。

※

「どういうことなんだ……」

あの曲がり角から移動して、いつもの公園に着いた僕たちはベンチに座っていた。

僕は頭を抱えて呻《うめ》く。

「あの幻視は見間違いだったとか……？　実は本当の幽霊だったとか、ってそんな馬鹿な」

「神長君、それずっと独り言？　自己完結？」

そう言われても、あれだけの濃さの幻視が突然消えたんだ。一体何が起きたのかまったくわからない。

幻視が消える条件は、一つには死を回避すること。

もう一つには死が現実になること。

――なら、他に考えられる条件は何なのか。

考えても、何かが引っかかるような気がするだけで、答えは出ないままだ。僕はさっきの状況を振り返る。

「あのバンに轢かれたってことは……あるのか？」

変わったことと言ったらそれくらいだ。

けどタイミング的にぎりぎりの気もする。あと死体が残ってないのはやっぱりおかしい。本当は、もっとちゃんと辺りを調べたかったんだけど、犬の散歩をしていたお年寄りがめっちゃ僕たちを怪しんでいるから、一旦離れざるを得なかった。

一人悩んでいる僕に、鈴さんが言う。

「神長君、見えた幻視って、赤ちゃんを抱いた若いお母さんでいいんだよね」

「うん……確かに見たって思ったんだけど……」

なんだか、その自信も薄らいでしまう。元々僕にしか見えないものなんだ。嘘をついてるって思われてもおかしくないし、それが当然だ。むしろ頭から信じてくれる鈴さんが特別だった。

でも——今回もはたして彼女は信じてくれるのか。

彼女に疑いの目を向けられるだけならまだいい。けど、今回の一件が、僕への信用を失わせて、公園に座る彼女の幻視に繋がってしまわないだろうか。

それは、もっとも僕が避けなきゃいけないことだ。

それだけは、決してあってはならない。

なら僕がすべきことは――


「……よし」

決断するのに時間は必要なかった。

僕はベンチの上で体を折ったまま、顔だけを上げる。

「鈴さん」

「何？」

「まだ授業残ってるよね。急に呼び出してごめん。戻っていいよ」

「え、でも……」

「僕の見間違いだったかもしれないし。また何か進展あったら連絡するよ」

冷静に、淀みなくそう言うと、鈴さんが少し困ったような顔をするのがわかった。

それでも動かない彼女は、僕の様子がおかしいと思ってるのかもしれない。彼女はきっと、いつでも弱い人間に手を差し伸べようとする。

でもいつまでもそれじゃ駄目だ。彼女自身に手が届かない。僕が、僕自身と向き合わなければ。

「ごめん、鈴さん。僕はちょっと調べものがあるから、今日は帰るよ」

「調べもの？」

「うん。……っと、正門まで一緒に行こう。僕もそこからバスに乗るよ。ほら、鈴さんも一人の時はバス使ってるだろ」

何となく、この公園で彼女を一人にするのは不安だ。そう思ったのが伝わったのか、僕たちは連れだって歩き出した。

いつもの散歩よりもだいぶ少ない会話。僕を気遣ってか、鈴さんが口を開いた。

「気にしすぎない方がいいよ。ほら、たとえば何かの原因で死亡確率が減ったから見えなくなったとか、そういう可能性もあるんじゃない？」

「そうだね」

鈴さんらしい言葉に僕は笑う。彼女が安心できるよう重ねて言った。

「大丈夫。自分のできる範囲でやるよ。もう子供じゃないんだから」

鈴さんはそれを聞くと、困ったようにふっと微笑んだ。まるでひどく年上みたいな反応に、僕は落ち着かなさを覚える。

だがすぐに彼女は、いつもの彼女に戻って言った。

「調べものって何を調べるの？　私も手伝おうか？」

「別に一人で大丈夫だよ。単に僕みたいな幻視が見える人間って、他に記録されてないかなって。ほら、そういう人たちの話を知れば、幻視への対策も変わってくるかもしれないだろ。幻視の種類についてもわかるかもしれない」

「あー、なるほど。でも、そういうのって私が知る限りでは見かけないかな？」

「めっちゃ狭い範囲来た。鈴さんの知る範囲とか町内レベルだろ」

「ひどい。市内くらいはあるよ」

「それでも狭い。せめて都内だろ……」

角を曲がると、大学の敷地が見えてくる。低い柵の向こうには生い茂る木々と白い校舎が見えた。有形文化財にも指定されているという歴史ある校舎は、まるで時の流れの浸食を受けないかのように白く輝いている。

僕は、正面の校舎の壁に刻まれたアルファベット文字を指差した。

「あれさ、前から気になってたけど、なんて書いてあるの？　英語じゃないよね」

「ん？　"QUAECUNQUE SUNT VERA"──ラテン語で『凡《すべ》て真なるもの』って意味らしいよ。聖書の言葉だって」

「すべて、真なるもの、か……」

それに比べて、僕にはどれだけ真実があるんだろう。

祈る言葉もそんな習慣もない僕は黙って、ただ頷いた。

まっすぐ帰宅した僕は、机の下から例の缶を取り出した。

相変わらず不吉さを覚える缶。それを机に置いて、僕はまず、何年も手をつけていなかった部屋の整理から始める。

時間がかかったらどうしようかと思ってたけど、意外に物は多くなかった。ずっと引きこもっていたからだろう。あるのは本の類ばかりで、たまに出てくるそれ以外のものも、小学校の頃のノートやプリントばかりだ。

手紙や写真の類はない。それは、あの缶の他に過去の手がかりを期待していた僕にとっては拍子抜けだった。

けど、ないものをどうこう言っても仕方ないだろう。そのまま一時間ほどあちこちを触って――結局、僕は机の前に戻ってきた。封印された缶を前に立ち尽くす。

――これを開けて、僕は前に進むべきだ。

過去を探って、今回みたいな件について手がかりがないかを調べる。そうしなければ、と思うんだ。消えてしまった幻視について突き止めるにしても通り過ぎるにしても、いつまでもブラックボックスを残してはいられない。

そう思いつつ、けど僕の体は動けないままだ。僕の意思というより、体に染みついた恐怖心が動きを鈍らせる。この缶を目にしていると、自分が悪夢の入り口に立っている気分になるんだ。足が竦《すく》んで体が動かない。どれだけ臆病なんだと腹立たしくなる。

それでも僕が進まなければ、鈴さんは。

「……っ」

震える手で、僕はガムテープを外す。

そうして歪みかけた蓋を開けて、真っ先に目にしたものは――

「あれ……なんでこれが」

そうして僕が手に取ったものは、どことなくサルに見えなくもない小さなぬいぐるみで……鈴さんが作ったへたくそなストラップに、よく似ていた。

「これって……あれ？　なんで鈴さんの手作りがここに……」

なんで封印されていた缶に、こんなものが入ってるんだ？

僕はまじまじとぬいぐるみを見つめる。不細工なロールパン状のそれをひっくり返して、ふと後ろの縫い目がほつれていることに気づいた。手作りらしく不揃いなそこから、白い紙がはみ出ている。僕はその端をつまんで、そっと引っ張り出した。

「なんだこれ……」

折り畳まれて入っていたのは、何かを破って作ったようなメモだ。そこには僕でも鈴さんのものでもない、大人の筆跡で走り書きがされていた。

『ずっと薄いままで、ある日突然濃くなる幻視には気をつけろ』

「ずっと薄いままで、って……」

それはどの幻視のことを言っているのか。知らない筆跡での警告は、まだ先がある。

僕は残りを読もうとメモを開いた。

──その時、スマホから小さな電子音が響く。

見るとそれは、ニュースアプリからの定時の知らせだ。最新ニュースの見出しがポップアップとして表示され、僕はそれらを流し見る。

『河川敷で発見された女性の遺体、身元判明』

――嫌な予感がする。

僕はポップアップからアプリを開いた。

当たってほしくない予感は、「昼間いなくなったあの母親が、変わり果てた姿で発見されたのではないか」というものだ。

だが僕は、開いた画面に映っていた写真を見て、絶句してしまった。

「あれ……なんで」

旅行先のスナップ写真の中で快活に笑う女性。見覚えのあるその顔は――

いつの間にか住宅街から消えていた幻視の、あのＯＬだった。

10

アプリに表示されたニュースは、すぐには理解できないものだった。

「え？　この人って……一体何があったんだ？」

うっすらとした幻視から、気づかないうちに消えていた彼女。

確かにちょっと前までは、彼女はスケッチブックを持って、スーツ姿であの住宅街を歩いていたんだ。その幻視はベンチに座る鈴さんと同じく、ずっと薄いままだった。だから、まだだいぶ時間の猶予があるんだろうと思っていて……でもいつの間にか幻視が消えていて……

——その彼女が実は、幻視の場所から遠く離れたところで、遺体となって発見されていた。

これは一体、どういうことなのか。

今まで遺体発見のニュースに気づかなかったのは、発見された場所のせいだろう。ニュースで僕は自分の行動範囲しかチェックしてなかった。けど、彼女が見つかったのは隣県との境にあたる河川敷だ。幻視の住宅街からは十キロ以上離れている。

何があってこうなったのか、記事の最後には「現在警察が調査中」と書かれている。

僕はそれを何度も繰り返し読んで——

「あ」

知らないうちに手が強張っていたらしい。持ったままのメモが床に滑り落ちた。あわてて僕はメモを拾い上げると、さっきは見えなかった後半の文章を読み上げる。

「えーと……『そういう幻視は、誰かによる殺人だ』……って」

僕は反射的にスマホに視線を戻す。

「殺人？」

——幻視から十キロも離れた場所での遺体発見。

どうしてそんなことになったのか。考えればすぐわかる、単純な話だ。

「あそこで……彼女は、殺された……のか？」

そう口にした瞬間、顔から血の気が引く。

僕と鈴さんがよく歩いている住宅街で、知らないうちに人が殺された。しかも僕は、その人の幻視を見ているんだ。ずっと薄いまま消えてしまった幻視を。

でも、このメモの言葉を信じるなら――

「あの幻視は……本当に最後まで薄いままだったのか……？」

僕は手にした紙片を見つめる。

『ずっと薄いままで、突然濃くなる幻視は――誰かによる殺人』

この警告の内容を踏まえれば、彼女に起きたことは説明できる。

あの幻視は、僕の知らないところで突然濃くなったんだ。そしてそのまま現実になって――殺された。

不意に、ぞっと背筋が凍る。

今までみたいに何も見ないよううつむいていたら、僕は幻視が現実になっていたことにも気づかなかっただろう。そうして殺人の存在を知らぬまま、幻視が消えたことを不思議に思いながら、あの道を散歩し続けたのかもしれない。

それはひたすらに恐ろしいことで――けど今、僕の目の前にある問題はそれだけじゃない。

「消えた幻視はやっぱり現実になってたってことなら……あの母親と赤ちゃんの幻視

は……」

幻視が消える条件は二つしかない。

死を回避させるか、幻視が現実になるかだ。

そして、僕たちの介入で死が回避されたんじゃない以上、あの母子は――

「やっぱり……もう、死んでるんだ」

自分の言葉に、自分の体が震える。

一体いつ、なぜ、そんなことになったのか。

最後に僕が母子の幻視を見たのは、角を曲がっておじいさんを見つける前だ。

その後、いつあの母子がやって来て――死んでしまったのか。

考え出すときりがない。死因も……相変わらずわからないままだ。

「いや、そもそも死体がないんだ……」

それが一番のネックだ。今回の一件では、あるべき死体がない。僕の幻視がなければ、多分「何もなかった」で終わってしまったはずだ。いつも通りの平和な日常として、誰にも気づかれぬまま――

「……異常すぎるだろ」

ほんの五分かそこらの間に、人が二人死んで、その死体が消えてしまった。事故にしてもこんなことがありうるんだろうか。赤ちゃんが二人ってわけじゃない。一人は大人の女性なんだ。それがどうやったらいなくなるのか……。

――考えがまとまらない。

誰かと話をして整理したい気もするけど、話せるのは鈴さんだけだ。でも彼女に話すには、あまりにも得体が知れない話すぎる。第一、一つは殺人事件なわけで……

その時、僕は当たり前のことに気づく。

「違う……二つの幻視は、多分同じ原因なんだ」

ずっと薄いままで、突然濃くなる幻視。

僕はその薄いままの時と、濃くなった時を、二つの幻視でそれぞれ見たんじゃないのか。そう考えれば、近すぎる距離でおかしな幻視が二つあったのも納得できる。

遺体で発見されたOLは、誰にも目撃されぬまま住宅街で死んだ。それは、あの母子も同様だ。鈴さんの大学を中心にして、東と南の住宅街。直線距離で三百メートルと離れてないだろう。彼女たちは道を歩いていて、そのまま忽然《こつぜん》と消えてしまった。

こんな不思議な事態の原因が、いくつも存在しているはずがない。

――存在しているのは、共通する犯人だ。

「まずいだろ、これ……」

もちろん、人が殺されたのも、それが連続殺人っぽいってこともまずい。その手口が明らかになっていないことも、犯人についての情報がまだ何も出ていないことも。けど何よりまずいのは、これが鈴さんの大学の近くで起きているということだ。

僕の知る限り――鈴さんはいつかの未来に亡くなる。

死因はわからない。幻視の感じだと、ただベンチに座っているように見えるだけだ。あの母親が、普通によろめいてしゃがみこんだだけに見えたように。

「もしかして……僕の行動が幻視に織りこみ済みっていうなら、鈴さんは僕と出会ったせいで殺されるんじゃないのか」

それは、埒《らち》もない考えかもしれない。

でも、可能性はあるんだ。たとえ一パーセントでも無視できるものじゃない。殺された女性だって、ずっと薄い幻視のままだった。それがある日突然現実になったんだ。だから僕も――すぐにでも手を打たなきゃいけない。

「どうすればいいか……」

こんなことなら鈴さんに出会わなければよかった。あの時、話しかけないままでいればよかったんだ。

けど、後悔しても時間は巻き戻らない。今更なかったことにはできない。鈴さんのあの性格じゃ、「僕に関わるな」と言って聞き分けてくれるかも微妙だろう。

「いや……やり方次第なのか？」

ひょっとしたら——今ならまだ間に合うだろうか。

僕はスマホのメールアプリを開いた。

最初は焦って……すぐに考えこんで、何度も消したり直したりしながら、一通のメールを書き上げる。

それは鈴さんに宛てたもので——僕は最後にもう一度本文を読み返して送信した。

ずきり、と胸の奥が痛む。

けど、そんなものは起こるかもしれない未来に比べれば、大した痛みじゃない。

鈴さんの幻視は既にあるんだ。現実があれに追いつく前に、どんな手段であっても何とかしなきゃいけない。

――小さな電子音が鳴る。

メールで返信が来るかと思ったけど、すぐに鈴さんからは電話がかかってきた。

出たくないけど、これは出ないとどこかで本人に捕まりそうだ。僕は観念して、通話ボタンを押す。

「はい、神長です」

『……メール、読んだけどどういうこと？』

その声に、いつもの明るさはない。ずしりと胃に響く重さだ。一瞬で電話を切りたくなる。正直こういうの嫌だ。逃げたい。

でもそうも言ってられないので、僕は真剣な声を作って返した。

「どういうことって、そのままの意味だよ。もう鈴さんと色々やるのは終わりだ」

命救う団なんて、馬鹿げた呼び名だ。

それでもいつからか僕は、ちょっとそんな呼び名に愛着さえ覚えていた。

けど、それもいつまでもしがみついていいものじゃない。

突き放すような僕の言い方に、鈴さんは怯んだみたいだった。ほんの少し押し黙る。

でも、そこで引き下がれないとも思ったんだろう。ひどく気弱な、まるで中学生の女の子みたいな声が、スマホ越しに聞こえる。

『終わりって言っても、まだこれから救える人がいるかもしれないよ』

「いたとしても、だよ。もう充分だ。少なくとも、僕はそう思う」

『充分って……』

「最初に言っただろ？　――どちらかが折れたら終わりにするって。そこから先は、自分のことだけを考えようって」

駅にほど近いカフェで、鈴さんと話した。

あの時のことを僕は思い出す。「きっと後悔する」と言った僕に「一緒に後悔しよう。それよりも一緒に喜ぼう」と言ってくれた彼女。

そうして彼女の手を取ってから僕たちは、確かに一緒に成功を喜んできた。後悔は、本当の意味ではまだきっとしていない。

だから、ここで手を放す。

「約束通りだ。どっちか片方が嫌になったらそこまでってこと。鈴さんにやる気があっても、僕はもうやらない」

『それは、神長君は心が折れたってこと？　今日のことで何か……』

「そうじゃないよ」

どう言えばいいんだろう。何もかもが予想外な鈴さんだ。どう言えば諦めるかなんて、まったく予想がつかない。これ、将来彼氏とかできたらその相手はめっちゃ苦労しそうだな。別れ話とか通じなそう。

でも、だからって今は退くわけにはいかない。僕はできるだけ冷ややかに聞こえるよう、意識して口を開いた。

「今日のこととは別に……ふっと思ったんだ。『僕は一体、人のために何をやってるんだろう』って。だってそうだろう？　今まで散々命を救って、でも感謝されること自体なかった。それどころか、理不尽に怒鳴られることだってあっただろ？」

交通事故を防ごうと無理に進路を変えさせて、高校生男子に思いきり罵倒されたことだってある。けど、向こうにとっては僕たちこそが、単なる周りを見ない危険人物だっただろう。それは仕方のない、飲みこむべきことだ。

「鈴さんは聖人みたいなこと言うけど、僕には無理だ。いい加減疲れたよ」

『神長君……』

「それに、鈴さんが平気だって言っても、やっぱり今日みたいに急な呼び出しとかよくないと思う。たまたま休講だったってだけで、試験とかもっと大事な時だったらまずいだろ。僕はこんなんでふらふらしてるけど、鈴さんはちゃんと学生なんだし、自分の人生がある。自分を犠牲にして人助けするってのも、僕はどうかと思うよ。自分には何も残らないし、かと言って幻視を無視しても嫌な思いをする」

『私は、別にそれでもいいよ』

「僕が、鈴さんにそういう人生を歩ませたくない」

たとえ君がいいと言っても、僕が嫌だ。

傷や重荷ってのは、負った本人だけが痛いんじゃない。それを傍で見てなきゃいけない人間も、やっぱり痛いんだ。

「僕が、僕のわがままで鈴さんのそういうところを見たくない。じゃあ見なきゃいい、なんて言うなよ。これに関しては、幻視を見れる僕がいなきゃ意味がないんだ」

沈黙が流れる。

結局これは、正しいかどうかの問題じゃない。単に感情の問題だ。

だから、鈴さんが何を言ってももう覆らない。僕が決めて、それで終わりだ。

ずいぶん長い沈黙の後、聞こえてきたのは鈴さんの静かな声だ。

『私のこと、気にしてくれてありがとう』

「……そりゃ気にするよ。目の前にいりゃ嫌でも見える」

『でも、人の命がかかってるんだよ』

「全員を救えるわけじゃない。たまたま僕の視界に入った人間を助けられたってだけだ。鈴さん、人は不条理に死ぬものなんだよ。残念でもそれが現実で——助けられるのが当然だなんて、思ってほしくない」

今までプラスだったのが、ゼロに戻るだけだ。そこをはき違えて欲しくない、と僕は言う。

鈴さんはまた黙りこんだ。きっと傷ついた顔をしてるんだろう。そんな顔が容易に想像できるだけに胸が痛む。電話でよかった、と思い、同時にこんな話を電話でする自分の不誠実さに嫌気がさす。

でも、会えば気が挫けるかもしれないから。

僕も今の自分の顔を見られたくない。

ただ——もしかしたらこれが、鈴さんとの最後の会話になるかもしれない。

そう思うと、未練も湧いた。

それは鈴さんとこれからも馬鹿をやりたいって意味じゃなくて、彼女を傷つけて終わることへの未練だ。

本当は、鈴さんは何も間違っちゃいない。

その心も、行動力も誇るべきものだ。

だからそれを否定して踏みにじって終わることに、後悔を覚える。

せめて少しだけでも伝えていきたい、と思う。


「……鈴さん、僕らはよくやったと思う」

意味のない慰めと思われるだろうか。

けどきっと、単なる喧嘩別れで終わるよりいいはずだ。ささやかな欺瞞《ぎまん》でも、僕はそう願う。

「実は、調べものがてら昔の自分のメモを見たんだ。けど最近、やっぱり幻視の確率が落ちてきてる。見える数自体少なくなってるし、今日みたいのは実現しない幻視がぱっと見えて消えちゃうんだと思う。ほら、昼間鈴さんが『実現確率が落ちたから見えなくなったんじゃ』って言ってただろ？　やっぱりあれが正解なんだよ」

『……でも』

鈴さんの声のトーンが少しだけ和らぐ。僕が冷静だとわかって、自分も落ち着いたのかもしれない。そのことに安心して、僕はほっと息をついた。

ただ率直に、そして真摯に。

僕は、彼女に伝える。

「この一か月ちょっと、僕たちは本当によくやったよ。鈴さんが僕の話を信じてくれたおかげで何人もの人が助けられたんだ。……正直、僕の方が救われた思いだ」

その言葉は嘘でもなんでもない。僕の正直な思いだ。

彼女と出会って、強引に僕の手を引いて前を向かせてくれたから、僕は変われた。

あの鬱屈とした毎日から抜け出すことができた。この一か月間、なんだかんだで奔走することが楽しかったんだ。自分が人の役に立ててるっていう実感があった。

だから――これから先を進めるのも、彼女のおかげだ。

「僕も、今更だけど自信がついたんだ。不登校ずっとやってて今更言うのもなんだけど……学校に行ってみようと思う」

『神長君……』

鈴さんの声音に複雑な感情が混ざる。

それがなんなのか、僕にはよくわからない。ただ、非難するようなところは少しもなかった。心配していることが伝わってくるだけだ。

『神長君は……ひょっとして昔のことを思い出したの？』

どことなく不安そうな声。

僕は一瞬答えに迷って――けど電話越しに頷いた。

「うん……まだ全部をちゃんと思い出せたわけじゃないけどね。でも、少しずつ自分と向き合って行こうと思う。時間はかかると思うけどね」

これ以上、彼女を関わらせるわけにはいかない。ここから先は僕一人で充分だ。

「もちろん、鈴さん自身の幻視についてはちゃんと気にしていくし、何か変化があったらメールするよ。でもきっとまだ先の話だ。その間に僕は、もうちょっとマシな自分になろうと思う」

鈴さんの幻視については、僕が向き合っていくべき問題だ。

そして今のこの岐路で、ひょっとしたら彼女の幻視もまた解決できるかもしれない。

そうであることを願う。

鈴さんは、悲観的な理由でじゃない僕の決意に、少しの間無言だった。小さな吐息が聞こえる。

『もう幻視は追わない、学校に行く……それでいいんだね？』

「うん」

『なら——また不登校やってるの見つけたら、捕まえちゃうからね』

その声は、いつもの鈴さんの声だ。

天然で、予想外で、温かくて、ただ不器用にまっすぐな声。

その声に、涙が滲む。

僕は唇をきつく噛んで……笑った。

「僕は大丈夫だから。鈴さんはちゃんとバス使いなよ」

そうしてどうか元の日常に戻ってほしい。

あと当分、あの住宅街を歩かないで欲しいんだ。そんな願いを隠した軽口に、鈴さんは間を置いて、くすりと微笑んだ。

優しい、ただ優しい声が僕の耳に届く。

『わかったよ。じゃあ、神長君……あ、この呼び方もこれが最後かな。この一か月ちょっと、すごく楽しかったよ』

「うん、僕もだ。ありがとう」

『それじゃ……またね』

あっさりと、そんな挨拶を聞いて僕は通話を切る。

途端、静かになった室内は、まるで忘れたはずの昔を思い出させるみたいだ。僕は細く長く息をつく。

「ごめん……ありがとう、鈴さん」

これが終わったら、いつかまた一緒に馬鹿話をしてご飯を食べられたらいい。

そんな結末を信じて、僕は一人、スマホを握りしめた。

11

昼の住宅街は、どこか白々として作り物めいて見える。

白い塀や生垣、綺麗に手入れされた家。二階建てのそれらは裕福な暮らしを連想させて——けど人の気配はない。共働きの家庭が多いのか、実際この辺りの家々の多くは無人だ。ただ大学と駅の間の道は、比較的学生たちが歩いている。僕はそれを、かつて人を避けて生きていた時の癖でよく知っていた。

「——ここか」

通りから一本外れた路地の角。

僕が一か月前に、スケッチブックを持ったOLの幻視を見た場所だ。

何も変わったところのないごく普通の住宅街を僕は見回す。

あれから散々ニュースを調べた結果、わかったことは大きくわけて三つだ。

一つは被害者の情報。

彼女は二十六歳の社会人で、住んでいるのは隣の駅のアパートだ。そんな人がどうしてこの住宅街を歩いていて死んだのか、僕にはわからない。捜査が進めばわかる日も来るだろう。けど今のところ、彼女がここで死んだってことを知ってるのは、僕だけだ。

二つ目は死亡状況と時刻。

彼女の死因は刺殺だって話だけど、実際は首を絞められてから胸を刺されたらしい。死亡時刻は午後の一時から夕方五時くらい。こういうの、幅が広すぎて僕みたいな素人にはあんまり参考にならないな。幻視も時間まではわからないし、わかっても駅のサラリーマンみたいに時間の違う時計をつけてたなんてオチもある。

三つ目は死体発見の状況。

犯人は、彼女の死体を車で河川敷に運んで捨てたらしい、ということ。

衣類は剝ぎ取られていて、けど性的暴行を受けた形跡はないらしい。これは服を残しておくと色んな証拠が出ちゃうからってことじゃないだろうか。死体は、朝方、犬の散歩をしていた老人によって発見された。その時には二日は経っていたらしい。

「また犬の散歩か……ポメラニアンじゃないだろうな」

もっとも僕はニュースで発見者のインタビューも見た。犬は柴犬だった。ちゃんとおじいさんも別人だった。

「──まとめると、彼女はここを歩いていて首を絞められた後に刺された。で、車で運ばれて河川敷に捨てられた、か」

問題は、誰がそれをしたか、だ。

今のところ、僕が歩いている住宅街に人の姿はない。鈴さんを遠ざけたのは僕だけど、僕自身が殺されちゃ意味がない。用心はしておかないと。

僕は不審者に思われないよう意識しながら、幻視の見えた辺りを調べる。

角にある家は、白い塀に、豆腐みたいな白い立方体の家だ。格子状の黒い門ががっちりとしまっていて、ガレージに車はない。見る限り洗濯物も外に出ていないし、人の気配がない感じだ。

「ほんと過去の幻視が見える力が欲しかったよ……」

これが事件だったとわかった後なら、もっと色々注意して幻視の怪しいところを見れたかもしれない。けど完全に後の祭りだ。

僕は記憶に頼りながら彼女の足取りを辿る。

白い家の先は、どこかの会社のものらしい建物だ。今は使われていないらしく、窓ガラスはすっかり曇っている。二階が事務所で一階が倉庫って感じだったんだろう。

トタン壁に書かれた会社名は半分以上すりきれている。

その更に隣は、生垣で囲まれた木造の正統な日本家屋だ。なんかこう、昔からの住宅街だけあって統一感はまったくない。僕はそのまま通りを数十メートル行ってみた。でも、取り立てておかしなところはない。

「百メートルは行ってないと思うんだよな……」

幻視だった頃は薄すぎてよく見ていなかったけど、僕が彼女の姿に覚えている印象はいつも「角を曲がっている」というものだ。そこを繰り返しているならつまり、幻視のサイクルは短いってことだろう。終わりはそう遠くの出来事じゃない。

僕は通りを二往復して悩むと、今度は鈴さんに見つからないよう、女子大を大きく迂回した。そうして次は、母子が消えた角へと向かう。

こっちの住宅街も、特に変わったところは見られない。僕が張り紙を突き刺した生垣も、昨日と同じままだ。

「こっちはまだ事件が発覚してないんだよな」

ささいな事件でも見逃さないように、あれからこまめにニュースをチェックしているけど、まだ「若い母子の遺体が見つかった」という話はない。前の事件も発見まで二日かかってることを考えると、近いうちにニュースに出るかもしれない。

「車で運んだっていうと、やっぱあのバンか……？」

幻視が消えるまでの短時間に、ここを通った車ってのは、あの銀色のバンしかない。あれが犯人だったと仮定すると、犯人は僕とポメラニアンを轢きそうになりながら問題の角まで来て、母子を見つけると急ブレーキをかけて、逃げようとする母親を殺して車に乗せた、となる。

「いや……無理があるだろ」

いくらなんでも時間がなさすぎる。僕が殺人犯だったら、僕を轢きそうになった時点で犯行をやめるぞ。悪目立ちしすぎる。

けどじゃあ……あの時間に何があったんだろう。

幻視がその場に倒れこんだところで終わったってことは、あの瞬間にはもう彼女は死んだってことだ。その後の死体がどうなったかは、幻視には現れない。

考えてもわからないことだらけだ。僕はさっきの角と同様に、ぐるりと辺りを見回した。穴だらけの生垣を見て……あることを思い出す。

「あ、あの張り紙はがし忘れてた」

昨日はどさくさですっかり忘れてたけど、そういや張り紙を回収できてない。あれを見られたら僕が疑われて捜査を攪乱《かくらん》しそうだ。

ぱっと見、もう生垣には刺さってないけど、誰か拾っていったんだろうか。僕は記憶を頼りに生垣を覗きこむ。枝の向こうに、白いものが見えた。

「お、あった」

僕は荒れ放題の生垣の中に手を突っこむ。そうして張り紙を指先で掴んで——

「あれ？」

紙だと思ったそれは、紙じゃなかった。折り畳まれた白いガーゼだ。

なんでこんなものがここにあるんだろう。割と綺麗な様子からして何日も外にあったって感じじゃない。僕はガーゼを目の上にかざしてみた。

「なんだこれ」

怪我の手当に使うような切りっぱなしのガーゼだけど、血の跡はない。ただほんのり甘いような匂いがする。まるで子供がさせてるみたいな……

「あ、赤ちゃんのガーゼか」

よだれかけの代わりに、襟にガーゼを挟んでる赤ちゃんを駅なんかで見かけたことがある。ならひょっとしてこれも、そのガーゼなんじゃないか。

で、そのガーゼが生垣の向こうにあるってことは——

唐突に、僕は理解する。

周囲を見回し誰もいないことを確認すると、僕は顔を近づけて、いくつも開いている垣根の穴を検分した。とある垣根の隙間に目を留める。

「ここか」

穴の前には上からつる草が垂れ下がっている。けどそれを取り払うと大きな穴が露わになった。よく見ると、穴の周囲の枝がまだ折れて新しい。僕はその穴の前に身を屈めた。

「いけるな……」

僕ならさっと抜けられそうだし、もっと体格のいい人間でも多分通ることはできるだろう。穴の中にちょっと顔を入れて向こうを見ると、一階の窓は雨戸で固く閉ざされていた。ひょっとして、この家って使われてないとか何かなのか。だとしたら、一層犯人には好都合だろう。

つまり犯人は――あの母子をこの穴から中に引きずりこんだんだ。

幻視の彼女が蹲《うずくま》って見えたのは、河川敷で見つかった彼女のように、首を絞められたか何かしたからだろう。そうやって殺した母親を、犯人はこの穴から中に引きこんだ。あらかじめ、この家が空き家だってのも調べてあったんだろう。穴を隠してあるつる草も、犯人が偽装のために持ちこんだものかもしれない。

僕は少し迷ったけど、もう一度周囲が無人であることを確認すると、今度は生垣の向こうにまで頭を出した。多分、道路側から見ると頭隠して尻隠さずの不審人物だから、早く済ませたい。

確認したいことはただ一つ、まだここに、あの母親が放置されてるか否かだ。

けど、予想通り荒れた庭を見回しても誰の姿もない。あのガーゼがあったのが奇跡的なくらいだ。僕は迷ったけど、結局手にしたガーゼを元の場所に戻した。

僕が欲しいのは、事実への道筋であって証拠じゃない。そういうのは警察に任せないと、かえって回り道になってしまう。

僕は生垣から体を抜くと、大きな穴を振り返った。

幻視が消えたことに気づいて呆然としたあの時、犯人はきっと、母子を引きずりこんだままこの生垣の向こうで息を潜めていたんだ。あの時そうと気づいていたら、どうなったか。——僕や鈴さんや、あのおじいさんまで巻き添えになったんだろうか。

荒れた生垣が、まるで生死をわかつ薄皮一枚だ。

この向こうにあっただろう光景を想像するだけで、全身が薄ら寒くなる。僕はいつまでも立ちすくんでしまいそうな自分に気づいて、かぶりを振った。意識を事件の考察へ戻す。

「ってことは、もう一件の方は……あの倉庫かな」

この生垣の家を隠れ蓑《みの》として目をつけていたなら、もう一つの事件の方も同様に動いた可能性は高い。一旦人目を避けて隠れて、時間をおいて彼女たちを運び出すってやり方だ。警察が調べれば、もっと色々わかるかもしれない。

そんな犯人の中継地点は、あっちでは長く使われていなそうだった会社の倉庫じゃないだろうか。さっきはよく見なかったけど、いかにも古そうなドアだった。実は開けられるのかもしれない。

――一つに糸口が見つかると、次々取っかかりが見えてくる。

けど、そこから見えてくる犯人像は、用意周到で大胆で、理解できない異常者だ。

そもそもなんであの二人を殺したのか。中継点を見つけてからそこを通りがかる人間を待っていたのか。だとしたら今もどこかの住宅街で、罠にかかる獲物を探しているのか。

僕は生垣の前で考えこむ。その時、遠くから誰かが僕を呼んだ。

「おーい！　そこの坊主！」

「はい。……はい？」

反射的に返事しちゃったけど坊主って。近所の子供みたいな呼び方をされた僕は顔を上げた。

「げ……」

昨日ポメラニアンを散歩させていたお年寄りが、僕を見つけて歩いてくる。その隣には初めて見る若い女性がいた。まずい。なんか嫌な予感しかしない。

それでも逃げたら余計不審に思われるだろう。僕はポーカーフェイスを意識して、二人が近づいてくるのを待った。軽く会釈をする。

「今日は犬を連れてないんですね」

「ちょっと人探しでなあ。ほら、坊主。昨日、ハンカチを拾ったって言っただろ？赤んぼ連れた母親の」

「……ああ、はい」

これはまずい。あれは完全に嘘だし、ハンカチは洗濯に出しちゃってる。密かに緊張を強める僕に、隣の女性が頭を下げた。老人は彼女を指して言う。

「実はな、この人、その母親の妹なんだと。で、昨日から家に帰って来ないらしい。坊主、何か知らんか？」

「何か……と言われても」

彼女がなぜ帰ってこないかを、僕は知っている。

知っているけど言えるようなことじゃない。ただここで、身内にうまく情報を流せば捜査に繋がる可能性はあるかもしれない。僕は不安げな女性に探りを入れてみることにした。

「警察には届けたんですか?」

「届けたけど、事件性がないと探せないって言われて……」

それは大抵の事例で言われることだ。じゃないときりがなくて手が回らないってことだろう。今まで僕も、何度か警察に通報したことがあるけど、すんなり動いてくれたことの方が珍しい。

女性はろくに寝ていないのだろう。疲労のうかがえる顔で言った。

「でも、姉は連絡もなしにいなくなる人じゃないの。大体いつも同じ時間に同じルートで散歩してて、でもそのまま帰って来なくて……。子供も一緒だし、今みんなで手分けして探してるの」

彼女はそこで自分のスマホを取り出すと、スナップ写真を見せてくる。赤ん坊を抱いて幸せそうに笑っている女性。見覚えのあるその顔に、僕は思わず息を飲んだ。

「ね、昨日あなたが見たのって、この人じゃなかった？　どこで見たの？」

「どこでって……あの」

　嘘と真実をどう整理しようか迷う。

けど、あまり迷ってても仕方ない。ここから先は、できれば警察の手が欲しい。

僕は、少しだけ不安げな顔を作って言った。

「あの、ハンカチ自体は結局、別の人のものだったんです。近くの女子大の人ので、もう返しちゃいました」

「あ、そうだったんだ……」

「でも、赤ちゃんを抱いた女性を見たってのは本当です。ちょうどこの角のところを曲がって、でも誰かが来たから戻った、みたいな感じで」

「え、そ、その誰かって⁉」

「僕の方からは見えなかったです。すみません。でもあわてて向こうに戻った様子で、そこからこっち側へは帰って来なかったんで、この辺で話してたか何かだと思います」

　この辺りが限界だ。あんまりに事件性を匂わせても、「どうしてその時通報しなかったのか」と怪しまれる。けど、他に糸口がないとなれば、この話が重要になるだろう。女性は僕の話に目を瞠った。辺りを見回す。

「この辺で？」

「はい。僕がここまで来た時にはもう姿が見えなかったんで、不思議には思ったんですけどね。まるで消えちゃったみたいだなって」

　女性の顔がみるみる不安に歪む。そんな表情を見ると罪悪感を覚えるけど、本当に罪悪感を抱かなきゃいけないのは犯人の方だ。僕は二人にぺこりと頭を下げた。

「すみません、じゃあ僕はこれで……」

　そう言って、公園の方に行きかけた僕は、けど向こうから新入社員らしい灰色スーツの青年がやってくるのに気づいて、さりげなく方向を変えた。あちこちがさがさ調べものしてるから、あんまり人には近づかない方がいいだろう。

　駅の方へ戻ろうとする僕を、老人が呼び止める。

「なあ、坊主。関係ない話だけどな、こんな時間にうろうろしてるって、お前学校はどうしたんだ？」

「ぐ……」

　見ず知らずのお年寄りにまで不登校を心配されるのか。ってか、別に大学生がこれくらいの時間歩いててもいいんじゃ……。でも善意で言ってくれてることはわかったから、僕は素直に返した。

「今日は午後から授業なんです。ありがとうございます」

その言葉に、お年寄りは納得したって顔じゃないけど頷く。それよりも大事なことはいなくなった母子だ。妹さんは既に、近づいてきた青年に質問しようと歩き出しかけている。

僕はその光景に背を向けると、駅の方へと戻っていった。


この辺りは二十三区内だけど、最寄りの警察署は隣の市のものだ。

どっちに通報するのがいいんだろうと迷いながら、僕は調べた情報を整理する。

駅前のアーケードに面したファーストフード店は、まだ昼前とあって客もまばらだ。二階席の窓からは、クリスマスに賑わう商店街が見えた。非日常に浮き立つ空気は、けど僕とは無縁のものだ。僕は資料を出そうと鞄を開ける。そこから一枚のメモを取り出した。

「……ずっと薄くて、突然濃くなる幻視に気をつけろ、か」

知らない筆跡での警告。でもそれが誰の書いたものか僕には察しがついてる。

　これは「彼」が僕にあてたものだ。

「彼」のことについて思い出せなくても、この字を見ていると不思議な確信が湧いてくる。僕を信じて、僕と一緒に戦ってくれた「彼」は、不自然な幻視の一種に気づいて——それが何であるか、見破ったんだろう。

　だから僕に忠告してきた。殺される幻視の法則なんてものに気づいたのは、きっと「彼」が、あの連続通り魔事件を経験したからだ。「彼」は、ひどい失敗になったあの事件の後でも、僕のことを気にしてくれてたんだろう。

　少しずつ、「彼」の輪郭が記憶の底から浮かび上がってくる気がする。

　一緒に公園で話したこと、走り回ったこと、そんな時間があったように思う。

　だがそれは、まだちゃんとした姿にはならない。僕は霧の中で手探りするような思考を一時中断した。——そして、一緒に鞄に入れてきたぬいぐるみを見る。

「これ作ったの……やっぱり鈴さんなのかな」

　手作りのぬいぐるみストラップは、鈴さんのものによく似ている。それはたまたまなのかもしれないけど、もしそうでないのなら——僕は、記憶にない時のどこかで、鈴さんと会ってるってことだ。

　そして「彼」からのメモがこのぬいぐるみに隠されてたってことは、鈴さんは、おそらく「彼」とも会ったことがあるんだろう。なのになんで彼女はそれを黙っていて、僕は忘れているのか……思いつくのは嫌な可能性ばかりだ。

「全部気のせいかもしれないけどな……」

けど、振り返ってみれば確かに彼女は、僕が過去を思い出すのに、あんまり積極的じゃなかった。「自分と一緒の時にしよう」と言っていたのは、僕が記憶を忘れていた方が好都合だったり……とか？

——いやだな、なんで鈴さんを疑ってるんだ。

確かに、部屋を整理していて他にもおかしなことはあった。それは僕の部屋に、中高時代のものが何もなかったっていうこと。見つかる私物は全部小学校か、それ以前のものばっかりだった。

これは自分で全部処分したんだと思うけど、なんで処分したかもわからない。そして確かによくよく考えてみれば——僕は中高校生だった頃の記憶が、まったく思い出せないんだ。

かろうじて思い出せるのは、朧《おぼろ》げな小学生の記憶ばかりだ。その後の六年間は綺麗に欠落していて……ひょっとしたらそこで、鈴さんと会っているのかもしれない。

「初対面には思えない……か」

それは鈴さんに言われた言葉だ。僕も初めて会った時に同じことを思ったけど、それは幻視の彼女を知っていたからだ。なら、彼女が僕にそう思ったのはなぜなのか。

「……けど、あの人は、嘘がつけるタイプじゃないしな」

もし僕を知っているのを黙っているのだとしても、きっと大した理由じゃないに違いない。それもこれも、全部片づけてから本人に聞けばいいだけだ。

結局、ぬいぐるみとメモと事件に気を取られて、缶に入っていた他のものについてはまだ見ていない。情けないけど、自分が鈴さんのことを忘れているかもってことで、おじけづいたのもあるんだ。ぬいぐるみ以外は紙だったから、クリアファイルに全部入れて持ってきている。

「こんなことになる前だったら、本人に聞くって手もあったんだけどな」

とりあえず、色々気になり過ぎて叫びたくなるけど、彼女のことは事件の問題が片付くまでは棚上げだ。

僕は白いテーブルの上に、持ってきた資料の中からこの辺りの地図を広げる。

「……犯行方法は大体わかってきたけど、あとはどう捜査してもらうか、だよな」

警察の捜査力は、僕一人が動くよりずっと優秀だ。現に僕は、犯人が誰かについての情報はまったくない。どうやったのかがわかるだけだ。

一方、遺体の見つかった河川敷の捜査は着実に進んでいるらしい。あとは僕の通報次第で進むものもあるだろう。河川敷とこっちで、同じ車が目撃されるとかになれば、だいぶ犯人は絞れるはずだ。

「そのためには、あの日本家屋の家がいい線いってそうなんだよな……」

OLの方の事件で、倉庫の隣に日本家屋があるんだけど、どうもあの家って監視カメラっぽいのをつけてるみたいなんだよな。もう一度調べに行ってみて気づいたんだけど、生垣の低い箇所で、巧妙に偽装してあるみたいだ。でもうーん、違うかな。どうかな。用意周到そうな犯人だし、それに気づかないってことあるだろうか。

そんなことを考えていると、階段を上がってくる賑やかな声が聞こえた。

「そうそう、相変わらず変わってるよね」

「まあ、そこが面白いんだけど」

笑い合いながらトレイを持ってテーブルに陣取るのは、女子大生らしい二人組だ。早い昼食でも取る気なんだろう。普段なら気にならないんだけど、今は考え事をしてるからちょっと耳に響く。彼女たちは、バーガーの包み紙を広げながら笑った。

「ほら、最近よくメールしてるから、彼氏でもできたんじゃない？」

「いないって。こないだとか小学生くらい男の子と歩いてるの見かけたよ。楽しそうだったけど」

「その子が彼氏とか？」

「それ犯罪っしょ」

なんというか、日本は平和だな……。いや、僕にとっては平和じゃないんだけど、一般的にはそう思われてる。

窓の外から見えるクリスマスの飾りの数々は、そんな平穏の象徴だ。店内にも微かにクリスマスソングが流れている。もうあと一週間もすれば、みんながプレゼントを片手に家路についたりするんだろう。

僕も、この一件が片付いたら鈴さんに何か贈ってもいいかもしれない。猫のぬいぐるみでも買って謝りたおしたら、彼女は許してくれるだろうか。

「――でさ、『なんで髪切ったの？』って聞いたら、『変装だ』って言うんだよー。なんか真剣に言うから笑っちゃって」

「なんで変装なのよ」

女子大生の会話はまだ続いているようだ。

変装か。犯人が変装してたって可能性は……うーん、関係ないかな。それより日常で変装するって変な人もいるもんだな。鈴さんじゃあるまいし。

僕は頬杖をついて地図を眺める。とりあえず、警察に匿名で通報するか。携帯だと着信でばれるから、公衆電話を探して――

「それがさ、突っこんで聞いたら『犯人ぽい人に見られたかも』って言うんだよね。犯人ってなんだよー、もう。鈴子ってば意味不明」

「……鈴子⁉」

テーブルを叩いて、僕は立ち上がる。

突然の叫びに、彼女たちは目を丸くして僕を見つめた。そのうちの一人が「あ」と声を上げる。

「ひょっとして君……」

「今、鈴子って言った？　それ、瀬崎鈴子のこと？」

「あ、うん……そうだけど」

もう一人が困惑しながらも返す。僕はその肯定に――硬直した。

『犯人らしき人間に、見られたかもしれない』

それは何を意味するのか。このタイミングでの犯人なんて一人しかいない。河川敷にＯＬの死体を遺棄し、母子をさらったあの犯人だ。

けど、鈴さんはこれらの事件の存在自体知らないはずなんだ。なのになぜ「犯人に見られた」などと言い出すのか。

「………そうだ」

僕は、鈴さんのある言葉を思い出す。

『神長君、見えた幻視って、赤ちゃんを抱いた若いお母さんでいいんだよね』

それは、幻視が消えた後の公園で、鈴さんが聞いてきた言葉だ。そしてあの時、僕はそれを疑問に思わなかった。だからただ頷いた。

けど本当は、そこで気づいて問いただすべきだったんだ。

僕は一度も、鈴さんに子供が赤ちゃんだったとは言っていない。ただ「子供を連れた母親」と言っただけだ。それを赤ちゃんだと知っているのは……彼女が実際にその姿を見たからだろう。もちろん幻視じゃない。襲われる直前の、角をうろうろした母親を、彼女は遠目に見たんだ。

そして彼女はおそらく――犯人も見た。

それを僕に言わなかったのは、異常な事態だと悟ったからか。或《あ》いは殺人事件とまでは思わなかったからか。

でも彼女は、自分なりの考えでその人物を「犯人かもしれない」と思うようになったんだ。だから変装として髪を切って——


ベンチに座る透けた彼女。

うつむき気味の顔、風に揺れないショートカットの髪を、僕は見つめる。

「……まずい」

鈴さんが髪を切ったということ。それはあの幻視と同じ姿になった、ということだ。予見された死に近づいた。変装をしているというなら、服装の傾向も変えた可能性がある。僕が「まだ先の話だろう」と判断した、ジャケットにロングスカートというあの格好に。

けど犯人は——それでも鈴さんに気づくんだ。

「鈴さんは今、授業中？」

二人は僕に問われて顔を見合わせた。一人が答える。

「さっきまで一緒だったけど、午後授業はないと思う」

「ありがとう！」

僕はそれだけ言って、自分のテーブルに戻ると広げてあった紙類をバッグにつっこむ。そのままバーガーセットの残りをダストボックスに突っこんで店を飛び出した。

スマホを取り出し鈴さんに電話しようとした時、タイミングを見計らったようにメールが届く。

――送り主は、鈴さんだ。

僕は操作するのももどかしく、それを開いた。

長々と書かれている文章は、いつかと同じく予約送信されたもののようだ。僕はあらかじめ用意されていたらしい文面に目を通す。

『神長君へ。まだこの呼び方でごめんね。とりあえずということで。万が一のことを考えて、メールしときます。保険だと思って、ここから先はもし私と連絡が取れなくなったら読んでね』

そこで絵文字のストップマークが連打されてる。

――いなくなった時の、保険。

その言葉は僕の記憶をちりちりと刺激した。

ぬいぐるみに隠されたメモ……白昼の街中。倒れていた背中。

亡くなってしまった小学生。何人もの人が犠牲になり、多くの怪我人が出た。

僕は……そして「彼」は、どんな思いでその結果に直面したのか。

何を思って、僕たちは別れていったのか。


「……っ、今は鈴さんだ」

僕は呼び起されそうな白昼夢にかぶりを振ると、ストップマークを無視して先を読んだ。

『神長君が見た幻視だけど、私多分、その人を見たんだよね。お母さんが角を出てきたところに男の人が追いかけてきて、すぐに角の向こうに戻っちゃった。しばらくして車が通って神長君が出てきたから、なんだかわからなくて……。でも、あれがあの人の死の瞬間だったんだね。私、まにあわなかったんだ』

それだけの文章から、鈴さんの悲しんでいる顔が目に浮かぶ。

そう、僕たちはまにあわなかったんだ。助けられなかった。

こんな思いを鈴さんにはさせたくないと、思っていたのに。

『あとから考えて、やっぱりあの男の人が何か知ってるんじゃないかって思ったの。まさか殺人だとか思いたくないけど、可能性がゼロじゃないなら突き止めなきゃって。だって、あのお母さん、赤ちゃんを抱いてたんだよ』

強い意志をうかがわせる言葉に、僕の頭はかっと熱くなる。

突き止める、ってなんでそれを先に僕に言わないんだ。言えばもっと――

「……違う」

それを遮ったのは僕だ。僕が「もう疲れた」「幻視を追うのはやめる」と言ったから。人のために走り回ることをやめて、自分が社会復帰をする――そんな僕の決心を聞いて、鈴さんは自分が一人で事件を調べることにしたんだ。

「なんだよ、もう……人の話、半分しか聞いてないんじゃないか」

僕は、鈴さんにも自分の人生を歩んでほしい、って言ったんだ。

鈴さんこそ、こんな事件に関わらせたくなかった。

なのに、なんだこれ。違うだろ。全然違う。僕は駅前を走りながら、続きを読む。

『ちょっと気がかりなのは、向こうも私を見たんじゃないかってこと。ほんの一瞬だけど、目が合った気がして。でも無関係な人だったら、あのお母さんについて何か知らないか聞けるし、ちょうどいいよね。念のため私も変装してからあの人を探してみます。相手の特徴は――』


メールはまだまだ続いている。けど僕はちらっとだけその先を見て、画面を閉じた。

代わりに鈴さんへ電話をかける。

聞き慣れたとおりゃんせの呼び出し音。

けど、鈴さんは出ない。授業に出てるのかもしれない。そうだったらいい。

でもそうじゃなかったら。

僕はとおりゃんせを鳴らしたまま、駅前の派出所に駆けこんだ。匿名の通報がなんて言ってられる場合じゃない。そこにいた警察官に訴える。

「すみません！　人が拉致されて殺されたかもしれないんです！　それを僕の友達が目撃して――」

「なんだ、君。どうしたんだ」

驚いた顔の警察官は、机の前に座って別の人の応対をしていた。その女性がわずらわしげに僕を振り返る。

「何よ、子供のいたずら？　後にしてよね」

「いたずらじゃなくて！　本当に！　あの河川敷の事件も……」

子供のいたずらって失礼にもほどがあるだろ。けど、おばさんと言い争ってる時間も惜しい。僕は鞄の中から地図を取り出す。それを机の上に広げようとして——けどおばさんは、無造作に手で僕を払った。

「あぶな……っ！」

僕はバランスを崩して尻餅をつく。開きかけたバッグから、地図だけじゃなく色んなものが零れ落ちた。クリアファイルにいれたままだった缶の中身が床に広がる。

——僕はその一点に、目を留めた。

警官があわてて立ち上がる。

「ちょっと、子供相手なんだから乱暴はやめてくださいよ」

「だって、この子が急に飛び出してくるから……」

二人の声が、僕の意識の上を滑っていく。

けど僕はそれをよく理解できないままだ。そしてもっと理解できないのは、床にばらけた新聞の切り抜きに、僕の名前が書かれていることだ。

『神長智樹（十八歳）——ナイフによる出血多量で死亡』

「……なんだこれ」

なんだこの記事。

僕が死んだってどういうことだ。それにこれは、ガムテープで封印されてた缶から出てきたものだぞ。なのに十八歳って。僕は今、十八歳なのに。

力のうまく入らない手を、僕は伸ばす。記事を手繰り寄せて見てみると、それは二年前の事件だ。白昼の通り魔事件で、五人も人が亡くなったっていう……。

おばさんが、冷ややかな目で僕を見る。

「こんな時間にいるなんて、どうせ学校をさぼっていたずらでもしてるんでしょ。どこの小学校か調べて通報しなさいよ、まったく」

「通報はともかく……君、一体何があったの？　学校は？」

「あ……」

警察官が、僕の前にかがみこむ。心配そうに覗きこんでくるその目は——小さな子供を見る目だ。

不意にずきりと、頭が痛む。

こんな風に、警察官に覗きこまれたことが前にもある。

白昼の道路。熱されたアスファルト。

僕が見ているのは、倒れた背中だ。

そしてその背中は……小学生のものでは、ない。


「あれ……なんで」

どうして僕はあの背を、子供のものだと思っていたんだろう。

あれは、どう考えても大人の背中だ。

倒れた体の下から、どんどん血が溢れていく。ストライプのシャツが赤く染まる。

僕は彼の名を叫ぶ。その名前は——


「神長………さん？」

僕はじっと自分の手を見る。

それは大学生というには未成熟な、子供の掌だった。

12

『このまま行くと、事故に遭うよ』

そう言ってしまってから、僕はあわてて口を押さえた。拾ってもらった本を抱えて踵を返す。

けどすぐに、伸びてきた手が僕の襟首を摑んだ。

『事故に遭うって、俺が？』

『気のせいだよ、放して』

しまった。うかつだった。

ちょっと前から見えてた幻視が印象に残ってたから、つい同じ顔を間近で見て口に出してしまったんだ。

駅前の図書館から出たところの路地は、この時間あまり人通りがない。僕は、背後にいる「彼」を見ないように、うつむいて歩き出そうとした。最近は、恐怖や嫌悪の目に慣れてきたといっても、見知らぬ他人から向けられるそんな視線は、好んで見たいものじゃない。それなりに心の準備をしてからようやく向き合えるもので……でも、それなりにダメージを受けるものだ。

だからこんな風に、不意打ちで当人に捕まってしまうのは最悪のパターンだ。怒鳴られるか、薄気味悪い目で睨まれるか、下手したらその両方だ。どうにかして相手の顔を見ないまま逃げ出したい。

襟を摑んでいた手が放される。

今がチャンスだ。僕は本を抱えたまま、縮こまるように顔を伏せて歩き出した。

その瞬間、あっけらかんとした声が聞こえる。

『いやめっちゃ気になるし！　通りすがりの小学生に事故を警告されるとかすっげ気になるし！　詳しく聞きたい！　なんか面白い！』

『変な人だな！』

思わず叫んで振り返った僕は、「彼」と目が合う。

その目は負の一切を感じさせない――ただ真っ直ぐに僕と向き合う目だった。

彼は、神長智樹と名乗った。近くの大学に通ってるらしい。好物はたこ焼きで、趣味はトランプタワー作成。聞いてもないのに教えてくれた。

『あー……だからたこ焼き持ってるんだ……』

『たこ焼き持ってないぞ。今は』

『事故に遭う時だよ。神長さんはたこ焼き食べながら歩いてて車にはねられるんだ』

『まじでか』

だから僕も、妙に印象に残ってたんだ。死の直前にずいぶん幸せそうにたこ焼き食べてる人がいるなって思ったから。まあその直後に、信号無視して突っこんできた車にはねられるんだけど。

あんまりにも「教えて教えて」と食い下がられるから、僕の見える幻視ってものから彼自身の死に方までざっと教えたけど、どうせ冗談だと思われるんだろう。

駅から離れた公園のベンチで、僕は池を眺めながら溜息をつく。同じ公園なら駅のすぐ裏にもあるのに、どうしてこんな方まで来たんだろう。バスに乗って、近くの女子大前で降りて、そこから歩きだ。道中、ずっと最近の週刊少年ジャンプについて話されてたのもよく意味がわからない。

それについてきてしまう僕もどうかしてるけど……なんでついてきちゃったんだ。

自分でも意味がわからないし、相手がのんきすぎてイライラしてくる……。

「彼」は『まじかー』と言いながら頭を抱えてたけど、それにも飽きたのか、顔を上げると僕を見た。

『で、たこ焼き食べるのやめたら助かると思うか？』

『……さあ』

『それとも、その道を通らないって方が確実か……それで回避できるもんなのか？』

『知らないよ』

『いやそこ、ちゃんと教えてくれよ！　見えてるのお前だけなんだしさ！　他人事だと思わないで――』

『どうせ信じてないだろ！』

僕が叫ぶと、「彼」は目を丸くした。

人気のない公園に響き渡る声。すぐに恥ずかしくなって、僕は立ち上がる。

『聞かれたことは教えたし、僕はもう帰るよ。退屈しのぎにはなっただろ』

変わった子供に付き合ってやった――そんなのはもう充分だ。大人なんだし、あとは自己責任だ。どうせこの人も、僕の言ったことなんか忘れて、同じように死ぬんだろう。けど……知ったことじゃない。

僕は「彼」に背を向け歩き出す。後ろから静かな声が聞こえた。

『俺は信じるよ』

そんなのは嘘だ。みんな結局は死んでいくんだ。

『大丈夫だよ。自分から一人になるなよ』

遠ざかる「彼」の声。まるで僕を気遣ってるように聞こえるそれは、僕の話を信じてない証拠だ。おかしな小学生が、おかしな話で人の気を引きたいと思ってる。そうだと知っているから、僕は振り向かない。

『だから、また会おうな』

どうせ、次に会う時あんたは死んでる。

そんな言葉を飲みこんで——けど僕は一週間後、生きている「彼」に再会した。


『お、見つけたぞ！　あの時はありがとうな！』

駅前の図書館から出たところで、そんな風に声をかけられた僕は、驚いて何も言えなかった。

何しろ相手は「彼」だ。幻視の濃さからいって、とっくに死んだと思ってた。だから、ここ数日はニュースを見ないようにして、図書館にも遠回りして来たんだ。

僕はあちこち包帯だらけの「彼」をまじまじと見る。

『幽霊……？』
『生きてるよ！　お前のおかげだよ！　ちょっとぎりぎりだったけどな！』
擦り傷のある顔で笑う「彼」は、確かに幻視じゃない。生身の人間だ。
僕は唖然として……そのまま動けなかった。
そうして何も言えないでいる僕に、「彼」は手を差し出す。
『本当に当たるんだな……。信じてはいたんだけど、無神経でごめんな』
『無神経っていうか、変な人だと思ったけど……』
『でも助かったよ。あ、お礼にたこ焼き食べるか？』
『それ、神長さんが食べたいだけじゃ……』
『まあまあ。今までずっと我慢してたんだよ。せっかくだから付き合ってくれよ』
何気ない言葉に、僕は息を飲む。
それは「彼」が僕を信じて、幻視を避けてくれたって証拠だ。
僕の見た死を、初めて回避してくれた人間。
子供だからって、馬鹿げた話だからって、放り投げずに向き合ってくれた人。
胸の奥が熱くなる。自然と涙が滲んで、僕はあわてて顔を伏せた。
「彼」は、そんな僕を真っ直ぐに見て笑う。

『ほら、行こう。話したいことも聞きたいこともいっぱいあるんだよ』

そうして差し出された手は傷だらけで……安堵するほど大きかった。


神長さんは、頭のいい人だった。

僕が見えた幻視について伝えると、どう事前に立ち回ればそれを回避できるか、冷静に考えて案を出してくれた。そんな彼が、常に二つ以上の案を並行して動かしていたのは、「不確定要素が多い方が、未来の幅も広がるから」ってことらしい。神長さんが実働に入ることで、僕一人で失敗し続けていた時から一変して、幻視で見えた人は助けられるようになった。

ごく稀《まれ》に、いつの間にか消えてしまった幻視もあったけど、僕はそれを気に留めないほど安堵していた。全ての理不尽な死に、僕たちの手は届くかもしれないとさえ考えていた。


その日差し出されたものは、不細工な手作りストラップだ。

ロールパンに目鼻をつけたような、縫い目も粗いそれを僕は受け取る。

『これ、神長さんのストラップじゃん。どうしたの？　買い替え？』

『いや、お前にやろうと思ってさ』

『いらない』

『…………』

『いやだってもらっても使わないし。それ、神長さんがスマホにつけてたやつだろ』

今までやけに変わったストラップをつけてるなと思ってたけど、僕には被害がなかったから何も言わなかったんだ。けど、こっちに回ってくるなら話は別だし、僕にはでかいストラップをつける習慣はない。単純に邪魔だし。

一刀両断する僕に、神長さんは笑い出す。

『俺の妹分の手作りなんだよ。一応大事なものだからさ。持っててくれ』

その大事なものをなんで僕にくれるんだろう。

僕は首を傾げながら、「ありがとう」と言ってストラップをしまいこむ。今は意味がわからなくても、そのうち役に立つのかもしれない。神長さんは「保険だ」と言って、時々そういう回りくどいことをする。もちろん、意味がないことをすることも多いんだけど。

僕たちはいつもの公園のベンチに並んで座りながら、たこ焼きを食べる。最初に来た時は「どうしてこんな駅から離れた公園に」って思ったけど、今となってはすっかりホームだ。人が少なくて落ち着くし、色んな話もできる。

僕はたこ焼きをつつきながら、何かを考えこんでる神長さんに聞き返した。

『さっき危ない幻視がある、って言ってたけど、どういうのが危ないんだよ』

『んー、ほら昨日のやつさ、夕方に女の子を一人助けただろ？』

『あったね。結局原因がよくわからなくて、話しかけただけで何とかなったやつ』

あれは、確かに不思議な幻視だった。

神長さんといつもの公園から駅に向かっていた時、濃い幻視に出くわしたんだ。それは今までずっとうっすらとしか存在していなかった幻視で、だからいつも気にして同じ道を通ってたんだけど、昨日突然濃い幻視になっていた。

それを怪しく思って立ち止まってた時に、ちょうど現実の女の子が現れたんだ。

僕より少し年上らしい彼女は、幻視だと道を歩いている最中に振り返って、そのまま倒れてしまってたけど、僕たちが話しかけて、一緒に駅まで行ったら幻視はそれきり消えてしまった。

あれは何だったんだろう、と二人で悩みながら帰ったんだ。その答えが彼なりに出たんだろうか。

神長さんはまた黙りこむ。考えを言葉にするために時間が必要なんだろう。軽く見える性格とは逆に、慎重で頭の回転のいい彼は、そういうことがよくあった。

神長さんは、口を開く。

『あの時、俺見たんだよ』

『見たって何を？』

『電柱の影にさ、誰かが立ってた』

『誰か？』

そんな人間がいただろうか。全然思い出せない。

けど僕が悩んでいると、神長さんは苦笑した。

『いや、いいや。それより明日は池袋だったよな』

『うん。まだ全然薄い幻視なんだけどさ』

人通りの激しい街に出るのは好きじゃないけど、たまたま母親の買い物に付き合った時、おかしな幻視を見たんだ。人混みの中で、数人が走り出したり、もがくようなそぶりで倒れていく。それは全員が薄い幻視のままだったけど、異様なものを感じてもっとよく確認しておきたいと思ったんだ。神長さんと一緒なら、彼らの死因もわかるかもしれない。あの薄さからいって、現実になるのはだいぶ先だろうけど、いきなり当日に出くわすよりずっといい。

神長さんは、ちらりと僕を見る。

『明日もし、その幻視が急に濃くなってたら――』

そこまで言って、けど神長さんはすぐに「なんでもない」と笑った。

『ストラップ、俺だと思って大事にしてくれよ』

『このロールパンのどこに、神長さんとの共通項があるのかわからない……』

『猫らしいぞ、それ』

これを猫とは……神長さんの妹分ってのは変な人だな。僕はまだ温かいたこ焼きの皿を神長さんに差し出す。

そして翌日の日曜、僕たちは駅前の雑踏に立っていた。

ただ様子を見にきたつもりだった。

計算外だったのは、数日前には薄かったはずの幻視が、全て現実と同じくらいの濃度になってたことだ。

『なんだこれ……。これ、今日この人たちが一度に亡くなるってことだよ。絶対おかしい』

こんな人の多いところで何が起きるっていうんだ。っていうか、薄かったのに急に濃くなる幻視って、昨日神長さんが言ってたやつじゃないのか。

『神長さんって、もしかして予知能力者？』

冗談めかして彼を見上げた僕は、けど彼の表情を見てぎょっとした。初めて見るかもしれない険しい顔。でもすぐに彼は、僕の視線に気づいて困ったような笑顔になる。

神長さんは、自分の頭をかいた。

『予知能力じゃないんだけど、当たりたくないところが当たっちまったな』

『まあ……異常事態っぽいよね』

『な、ちょっと今日は俺に任せて、先に帰ってるってのはどうだ』

『神長さん、幻視見えないじゃん……ってかそれはないだろ』

異常事態を神長さん一人に任せて帰るとか、ちょっとありえない。第一タイムリミットも近いんだ。

僕がそう言うと、彼はまた困ったように笑う。その顔に僕は軽い罪悪感を覚えた。

今までも「ちょっと下がってろ」って言われることはあったけど、「帰ってろ」って言われるのは初めてだ。急に濃くなったせいで事前準備がまったくできてないからだろう。神長さんはどっちかというと、周到な準備に力を入れる人だし。

でもこれは、元々僕の挑戦でもあるんだ。

『神長さん、最初の時に言ってくれただろ。一人になるな、って』

ずっと自分にしか見えないものに苦しんでいた。何とかしようとして逃げ出して、それでも無視しきれなくて。何もかも嫌になりかけていた時、神長さんが僕に別の道を示してくれたんだ。——自分は、人を助けられるんだって。

神長さんと一緒だからできたことだ。だから僕は、今こうして挑戦を続けていられる。それなのにここで一人だけ帰ったら……ずっと後悔するだろう。

『二人の方が、手が届くこともあるだろ。一緒にやるよ』

そうして今までやってきたんだ。今回もなんとかなる。神長さんがいるんだしさ。

神長さんは目を丸くした。まさか僕にそんなことを言われるなんて思っていなかったんだろう。彼はややあって頷く。

『だよな。悪い悪い。今回も人知れずがんばるか』

『帰りにたこ焼き買って帰ろうよ。いつもの公園まで行ってもいいし』

『よし、それで行こう』

僕たちは雑踏の中を歩き出す。

今日は眩しいほどの晴天だ。ビルの間から青空を見上げて、僕は問う。

『いけるかな』

『いけるさ。大丈夫だ』

自信に満ちた言葉。僕はその言葉に安心する。神長さんは、通りの先を指差した。

『固まって幻視が見えるって場所はあの辺か？』

『そう。三人見える。突然倒れる人が二人と、走り出そうとして転ぶ人が一人。あとはもっと先の方だ』

『了解。じゃあそこがスタート地点だな』

『スタート地点って何の？』

僕は神長さんを見上げようとして……けど、全然別のものの上で目を留めた。

皆が自分の目的地に向かって雑然と進んでいる大通り、そのただ中で、道の先ではなく歩いている人をぼうっと目で追っている男の人がいる。

黒いデイパックを肩にかけ、灰色のTシャツにジーンズ姿の若い男性。その格好自体は、さして目立つものじゃない。人の流れに少しずつ押し流されていく彼が、一人だけ浮いて見えるのは、その雰囲気が異様だからだ。

丸まった背、虚ろな表情、だが目には暗いものがちらついている。

その空気に他の通行人たちが彼に気づかないのは、みんな他の人間に興味がないからだ。

でも僕は違う。僕は、ここで起きる「何か」を知っている。その原因を探して防ごうとしているんだ。

幻視に見える人たちとその男性は別人だ。でも死ぬ人全員が幻視で見えるわけじゃない。僕は、隣にいる神長さんを呼ぼうとした。

――その時、灰色の男はデイパックから何かを取り出す。

デイパックが歩道に落ちる。男はそれをくるんでいたタオルを捨てる。

人波の中、ちらりと見えたそれは――

『っ、危ない……!』

警告を上げながら、僕は走り出す。

突然の子供の声に周囲の人間が振り返る。それは僕の目に、人の壁として映った。

その壁を越えようと、僕は手を伸ばす。

『どいて！　そこにいる男だ！　刃物を――』

人と人の隙間に体を捻じこむ。壁をすりぬける。

そうして駆け出そうとした僕の目の前に、灰色のTシャツはあった。
僕の前に立っている男、右手には鈍く光る包丁が握られている。
ゆっくり顔を上げると——男は嫌悪と恐怖の表情で、僕を見ていた。
『あ……』
一瞬のうちに、自分の結末を想像する。
それでも体は動かない。声も出ない。
凍りつく僕の目に、振り上げられる刃が見える。
『やめろ！』
けどその時、後ろから誰かの手が僕の体を引いて——

空が青い。
あれだけ人がいたはずの通り、けど今、僕の周囲には誰もいない。
遠くから悲鳴が聞こえてくる。逃げまどう人々が視界の端に見える。
でも僕は、目の前に倒れている背中を見つめているだけだ。
『……こんなの、うそだ』
じわじわと路面に染み出してくる血。シャツを染めていく赤色はただ鮮やかだ。

僕はよろめくようにして彼の隣に膝をつく。熱されたアスファルトに頬をつけて、彼の顔を覗きこんだ。

『神長さん？』

閉ざされた目が、僕の呼びかけに応えてうっすらと開く。

茶色がかった瞳が、確かに僕を見た。

『大丈……夫……』

掠れた声。

その言葉に僕は耳を澄ませる。針の落ちる音も逃さぬように。それしかできずにいる。

彼の目が穏やかに微笑んだ。

『……一人に……しないからな』

広がっていく血が、僕のスニーカーを濡らす。

震える彼の手が、ゆっくりと僕に伸ばされた。

『あの公園で、また……』

とさり、と路面に落ちる手。

血に濡れたそれを、僕は見つめる。

白々とした日が僕たちに降り注ぐ。

なんだこれ
嘘だ
だってまるで、現実味がない
夢のような、嘘のような、
幻視の、ような

『神長さん』
僕は彼の名を呼ぶ。
閉じた瞼に触れてみる。
そうして僕は震える手を握りしめると——意味を持たない絶叫を上げた。

13

思い、出した。

僕は自分の掌をじっと見つめる。

まだ成長しきっていない手。鈴さんに言った不登校ってのは嘘じゃない。

ただもしちゃんと学校に行っていたなら、僕は今年小六だ。部屋の中に小学生時代のものしかないのも当然だ……僕は中学生にもなってないんだから。

けど、ずっとそのことを忘れていた。現実を見ないようにしていたんだ。

——神長智樹は、まだこうして、ちゃんと生きているんだって。

「……馬鹿か、僕は」

あの事件で死んだのは、小学生の僕じゃない。僕を助けてくれた彼だ。

それをずっと、僕は捻じ曲げて記憶していた。死んだのは子供の僕で、神長さんはまだこうして、ちゃんと生きているんだと。だから、曖昧な夢の中で子供の背中だけが印象に残っていたんだ。あれは、僕が自分のために捏造《ねつぞう》した記憶だから。

――けど僕は、神長智樹じゃない。

自分が神長さんだって思いこんでも、彼が帰ってくるわけじゃない。ただ僕は逃げ出しただけだ。ただ一人信じてくれた彼を、幻視に巻きこんで殺してしまったって現実から。

僕と出会わなければ彼は、あんなところであんな死に方はしなかっただろう。

だから、全部忘れた。

幻視の未来を変えられていたことも、彼のことも、全部忘れてなかったことにしたんだ。何よりも、馬鹿な子供だった自分自身を消してしまいたかった。

もう二度と、僕を信じてくれた誰かを犠牲にしてしまわないように。

――けれど僕はまた、同じ失敗をしようとしている。


「どうしたんだい、君？」

警察官の手が伸びる。その手に僕は、はっと我に返った。

これはまずい。大学生と小学生じゃ、信用度はまったく違う。そもそもだから、僕の幻視の警告をみんな真剣に聞いてくれなかったんだ。

どうすればいいか僕は一瞬迷って、だが子供らしく訴えた。

「あの……僕のお姉ちゃんが、昨日見たんだ。赤ちゃんを抱いたお母さんを、男の人が引きずっていこうとしたって。見間違いかって思ってたけど、今日その人が行方不明になってるって聞いたんだ。だからお姉ちゃんは、昨日の男の人を探して聞いてみるって……」

「それ、本当？」

「ちょっと！　こっちが先よ！」

「あー……ごめんね、少し待ってて。すぐ話聞くから。見回りに行ってるもう一人が、もうすぐ帰ってくるだろうし」

警察官は申し訳なさそうにそう言って、ちらばった荷物を拾ってくれようとする。

けど、それじゃ間に合わないかもしれないんだ。

僕は自分のスマホだけを引っつかんだ。

「うそじゃない！　Z公園だ！　先に行くから、すぐ来てよ！」

鈴さんの幻視が見えたのがそこだ。急がなきゃいけない。

『ずっと薄いままだったのに、急に濃くなる幻視は誰かによる殺人だ』

そう神長さんは残してくれた。彼は僕と幻視対策をしている間に、そのことに気づいたんだろう。けど、子供の僕にそれを教えることをためらって、ストラップの中に隠した。自分に何かあれば、僕がそれを見つけるって思ったんだ。

実際、多くの犠牲者を出したあの通り魔事件も、同じタイプの幻視だった。

そしてきっと――鈴さんの幻視も。

ずっと薄いまま変わっていかなかったのは、彼女の幻視が「殺人による死」だからだ。それがいつ実現するかって言えば……今日かもしれない。

ベンチに座る鈴さんは、いつもと全然違う格好だった。あれは変装してるつもりだからだったんだ。

僕は派出所を飛び出す。

ちょうど目の前にバスが来ている。子供の足じゃ、走るよりバスに乗った方が早い。

鈴さんは一件目の事件を知らないんだ。犯人を捜しに行くなら、公園に近い方の住宅街だろう。僕はICカードでバスに飛び乗る。派出所からは誰も出てこない。あのおばさんに捕まってるのかもしれないし、Z公園なら管轄が違うからすぐには動けないのかもしれない。でもそれよりも、今は鈴さんだ。

僕は流れ続けるとおりゃんせに諦めて通話を切ると、メールの続きに目を通す。

そこに書かれていた犯人の特徴は、言われてみれば覚えのあるものだ。確かに、何度かそんな人を見た記憶はあるし——実際今日も似た人を見てる。

「まじかよ……」

もしあの人が犯人なら、まさに住宅街をうろついているところだ。それは、目撃者の鈴さんを探すためかもしれない。

のんびりと発車するバスに焦りながら、僕はメールの最後を読んだ。

『最後に。初めて神長君に会った時、大学生だって聞いてびっくりしたけど、神長君が本当にそう思ってるみたいだから、何も言わなかったんだよね。これは悪気とかじゃなくて、何か事情があるんだろうなって思ったからだけど、今の神長君なら怒るかな。ごめんね』

どう見ても小学生が、真面目な顔で大学生だって言うんだ。普通に考えたらいたずらだって相手にしないだろう。でも鈴さんは、僕を本当に大学生として対等に見てくれた。そうしながら彼女はずっと、僕のことを心配もしてくれてたんだろう。

だから、僕が「学校に行く」って言い出した時、本来の記憶を思い出したと思ったんだ。

『あとこれは……言うかどうか迷ったんだけど、やっぱり言っておくね。実は、本物の神長智樹って、私の従兄なんだ。で、智君からは神長君のことメールで聞いたりもしてた。『新しい友達ができた。彼とチーム組んで人助けしてる』って」

「知ってるよ。ってか、思い出したよ」

神長さんからもらった不細工なストラップ、鈴さんのものにそっくりなのも当然だ。あれは確かに彼が、従妹の彼女にもらったものなんだから。

だから彼女は僕の好物を知ってたりしたんだろう。「初対面の気がしない」のも納得だ。

そしてそれは――僕も同じだった。


神長さんが死んだ後、僕はぼろぼろだった。

現実を受け入れられなくて、泣くこともできなくて……外にも出られないまま、何日も暗い部屋でぬけがらみたいになってたんだ。

でも、そんなある日、ふっと彼の言葉を思い出した。

『あの公園で、また』

最期に残された言葉。明日を語る約束。

まるで馬鹿げた夢だ。でも、僕は思ったんだ。

――もう一度、あの公園に行けば神長さんに会えるかもしれない。いつもみたいに、たこ焼きを食べながら「お、来たのか」なんて笑ってくれるんじゃないか。あれは全部たちの悪い嘘で、また元の日々が始まるんじゃないかって。

そんなはずはないってわかってた。でも、期待してしまった。

彼の最後の言葉にすがって、僕はその日家を抜け出したんだ。一人であの公園に辿りついて、でもやっぱりベンチに彼はいなくて――

代わりに僕は、彼に似た面影を持つ、彼女に出会った。


『大丈夫。一人にしないから』


そんな偶然、あるはずない。

でも彼と同じ言葉だ。馬鹿だった僕が、永遠に失ってしまったはずのもの。

まるで彼からの伝言のような言葉を聞いて……僕はようやく声を上げて泣いた。

何時間もベンチにつっぷして泣き叫んで――

その日から、鈴さんは僕の「特別」になった。

メールの文面が、彼女の声で再生される。

『智君はね、「お前が受験する女子大裏の公園でよくだべってるから、受験終わったら遊びに来いよ」って言ってたんだよ。自分の友達を紹介したいからって』

「友達……」

そう言ってもらえるだけの資格が、僕にあるんだろうか。

結局、僕にできたことは、彼を死に追いやったことだけだ。僕に出会ったから、彼は死んだんだ。そのことが僕を完全に打ちのめした。学校にも行けなくなり、ふらふらと外をさまよって……いつからかそんな自分も殺して忘れた。

『だから私、智君が亡くなった後、時々あの公園に行ってたの。ひょっとして君に会えるかなって……。で、神長君に出会って、すぐにわかった。ああ、君のことだって。本当のこと黙っててごめんね。でも私、智君の従妹って先入観なしに、君と友達になりたかった。一から始めたかったんだ。胸を張って君の隣に立てるように』

どうして鈴さんは、そんなことを思えるんだろう。

神長さんがそうなったように、僕に近づけば危ないことに巻きこまれるってわかっていたんじゃないのか。なのに、なんで僕に手を差し出せたんだ。

どうしてあの二人は――僕みたいな子供の隣に立ってくれるのか。

「……もう二度と失敗するもんか……」

これ以上、誰も奪わせない。まだ間に合う。そのはずだ。

鈴さんのメールの最後は、『神長君はすごいよ。過去にも未来にも、ちゃんと向き合ってる。智君も喜ぶと思う。神長君のいいところ、私はいっぱい知ってるからね。大丈夫。がんばって。いつでも連絡してね。次会う時はお互い、本当の自分で向き合えるように……私もがんばるよ！』と結ばれている。

まるで不器用な励ましだ。取りとめがないうえに人によっては重い。おまけに連絡してって、今連絡してるだろ。電話出ろよ！　呼び出し音変えろ！

けど、もう犯人と接触してるから出られない、って可能性もあるのか。

だとしたら――

僕は素早くメールを打つ。鈴さんのスマホは、確か着信メールの本文冒頭が待ち受けに表示される設定だったはずだ。

だからこんな警告にも意味があるかもしれない。

僕は、手短に打ったそれを送信する。

『お前が河川敷に死体を捨てたことも、親子を殺したことも知っている。今から行く。その人に何かしたら、警察に通報する』

犯人がこれを見て思い止まればいい。鈴さんが見たなら用心してくれるだろう。バスがのんびりと右折する。このまま進むと女子大の正門前だ。僕は祈る思いでスマホを握りしめた。待っているだけの間、嫌な想像ばかりが頭をよぎる。

その時、ようやくバス停についた。

「降ります！」

開いた降り口から、そう叫んで僕は飛び降りる。目指す場所はあの公園だ。

僕は女子大の前を駆け抜け、住宅街に入る。犬の散歩をする人も、姉を探す人もいない。鈴さんも、犯人の男も見えない。

まるで昼日中の悪夢だ。僕は染み一つない平穏な中を走っていく。

けどそんな中でも、人は死ぬんだ。

——幻視の「彼ら」は、時間を超えて残る染みだ。

人が死ぬ間際に残す、足跡のようなもの。

それを僕は、小さな頃からずっと遡って見ていた。

でも、ただ見続けるだけなんてごめんだ。

幻視の中に僕の行動が織りこみ済みなんて、臆病だった僕の逃げだろう。神長さんや鈴さんが未来を変えられたのは、彼らの方がずっとやり方を知っている大人だったからだ。

未来は変えられる。鈴さんたちはそうしてきた。いつだって、目を逸らそうとする僕に証明してくれたんだ。信じて、前を向けと。

だから、僕も信じる。

もう逃げたりはしない。考えられる限りの手を打って、幻視を覆す。

そうでなきゃ——僕は神長さんに生かしてもらった甲斐がないんだ。

14

辿りついた公園は、いつもと同じ平穏に見えた。

人通りはまばらだけど、無人なわけじゃない。そのことに僕は安心する。

すっかり息を切らせた僕は、コートを脱ぎながら例のベンチに向かって走った。全身にかいた汗が、たちまち冷やされていく。僕は身震いを堪えて——彼女のいるベンチに辿りついた。

ショートカットになった髪に、灰色のジャケット、黒のロングスカート。

シックな出で立ちは、確かに鈴さんじゃないみたいだ。ただ鈴のペンダントだけはそのままで、僕はすっかり色味のついた彼女の姿をじっと見つめる。

「鈴さん」

呼んでも反応はない。走って来た僕を振り返らないことからそうじゃないかと思ったけど、これは幻視の彼女だ。僕がずっと相談相手にしていた彼女。

僕はベンチの背に手をつく。

「鈴さん」

幻視がここにいるってことは、まだ間に合うはずだ。僕はコートをベンチの背にかけると、スマホを操作した。もう一度鈴さんにかけてみる。

着信音は、すぐ傍から聞こえた。

「え？」

小さな女の子が歌うとおりゃんせの歌。

それが、僕のスマホと近くの木の陰から少しずれて二重に聞こえてくる。

どういうことか理解する前に、僕は音のする方に向かって声をかけた。

「鈴さん？　そこにいるの？」

返ってきたのは、知らない男の声だ。木の陰から、彼は僕に応える。

「彼女なら——そこにいるだろ？」

「……え？」

僕は、ベンチを見下ろす。

そこにいるのは、鈴さんの幻視だ。うつむきぎみの顔は見えないけどそうだろう。

だって彼女は何も応えないんだから。

けど、幻視なら僕にしか見えないはずで――

「鈴さん？」

その時僕は、彼女の脇腹に気づく。濃い灰色のジャケットに、じわりと黒い染みが浮き出し始めていた。

みるみる広がるそれがなんなのか、僕はわからない。

理解できない。あの日と同じ、アスファルトの、倒れた背中の――

「す、ずさん？」

返事はない。

そんなはずはない。間に合わなかったなんて、そんな。だから。

「このメールを送ったのは、君？」

男の姿は見えない。ただ声だけは聞こえる。

きわめて平静な、どこか楽しんでいるような、けど密かに怯えているような……

僕は、半ば呆然とスマホを見る。

聞えてくるとおりゃんせの歌。

けど、それは彼女には届いていない。
違う。そんなはずがない。嘘だ。
また繰り返すなんて、それは、

『——大丈夫。一人にしない』

脳裏に響くその声。
それは、鈴さんのもので、神長さんのものだ。
いつでも僕を支えてくれた、救ってくれた人の声。
彼らがいたからこそ、僕がいる。
それを、自分で台無しにしちゃいけない。
まだ早いだろう。——踏みとどまれ。

僕は、深く息を吐く。
正気を失って叫び出しそうな自分を、ぎりぎりのところで押し留めた。
震える指でスマホを操作する。流れていた歌がやんだ。

僕は、深く息をつく。

「……そのメールは、僕が送った。でも、お前は約束を破っただろ……。警察にはもう通報済みだ。このZ公園に殺人犯がいるって……」

淡々と言う自分が、まるで自分じゃないみたいだ。

僕はベンチに向かって身を屈める。鈴さんのジャケットに広がる血にそっと触れた。そうして指先を確かめると、確かにそこは嫌になるほど赤い。鈴さんの体がまだ温かい気がして、僕は自分を呪った。

男は鼻を鳴らして笑う。

「通報したとしても、子供の戯言だよ。誰も信じない」

「この公園に死体があったら、いくらなんでも警察は気づくだろ。お前が殺したあの母親の妹にも、角で拉致されたって言ってある。これで終わりだ」

狭い範囲で人が死に過ぎれば、警察も本腰を入れて調べ出すだろう。その時になれば、目撃証言が集まるはずだ。いくら住宅街で不審に思われない容貌と言っても、この住宅街を昼間歩いている人間自体少ないんだから。

僕はそんなことを言いながら、けどまだよく現実を認識できていない。動かない鈴さんから目を離せないでいる。この白昼夢から抜け出せない。何とかしなければと思っているのに。

「そうだ……救急車だ」

今更ながら、そんなことに気づく。

　まだ間に合うんじゃないか。だって、ちょっと刺されてるだけだ。動かなくて、返事もしないけど、でもまだ。

けどそんな淡い希望に、男が冷水を浴びせる。

「残念ながら彼女は手遅れだよ。傷は深い。それじゃもう助からない。それより、こっちに来なよ。答え合わせをしよう」

男の声が、そんなことを言う。

あいつは僕も殺すつもりなんだろう。そうして時間があるうちに、できるだけ遠くに逃げるつもりだ。

馬鹿げた誘いだ。そんな話に乗るやつはいない。

後先考えない、子供でもなければ。

「……わかった」

しょせん子供相手だと、あいつは侮っているだろう。

実際僕は子供だ。でも、ついさっきまでそうじゃないと思っていた。

だから、これで終わりにはしない。逃がさない。

今まで僕が、僕だけに見える「彼ら」を助けようと、どれだけあがいてきたと思ってるんだ。理不尽な死を跳ねのけようと必死になって、でも叶わなくて――それをこいつは、自分から人に押しつけてるんだ。許せるはずがない。

僕は顔を上げた。コートを再び手に取る。

そうして最後にもう一度――未練と後悔をもって彼女を見つめた。

「鈴さん……ごめん」

逃げなよ、って君は言うだろう。

でも、僕が嫌なんだ。今のこの事態に、馬鹿だった自分に、意味のわからない殺人者に、ひどく腹を立てている。こんなことに君を巻きこんでしまったことにもだ。

きっと、殺された人たちもみんな怒りたかっただろう。でも、彼女たちはもう怒れない。だから、「彼ら」のその姿を知る僕が行く。

コートだけを持って木陰を振り返った僕は、けどそこで少し動きを止めた。

手にしたコートが地面に落ちる。それにも気づかず、もう一度ベンチを見やる。

「……え?」

困惑は一瞬だ。

僕はすぐに理解すると身を屈めた。ゆっくりと、地面からコートを拾い上げる。

「早く来なよ」

男の声が僕を急かす。

大人の余裕を見せているけど、内心焦っているんだろう。ここはあいつが用意周到に見つけた隠れ家じゃなくて、人の通りかかる公園だ。いつ誰が来るかわからない。

だから僕は……あいつに言った。

「お前が来い」

「………」

「来いよ、答え合わせするんだろ。僕の口封じをしたいっていうなら、隠れてないでそっちが来い」

そんなこともできない臆病者か、とは言わない。

安い挑発をするつもりはない。本気で、そう思ってるんだ。

ここそこ隠れて人を殺した人間に、殺人者として人の前に現れろと言っている。

それができないくらいなら、さっさと逃げればいいんだ。鈴さんに送ったメールに怯えたりしていないで。

沈黙は長くなかった。

男は木の陰から姿を現す。

特徴のない顔立ち。灰色のスーツは、昼日中の住宅街によく溶けこむ。

現に僕も、何度かこいつを見かけながら、大して気にもしなかった。まるで景色の一部のような通行人としか思ってなかったんだ。

若い新入社員に見える男は、張りついたような笑顔で言った。

「何か聞きたいことはある？　どうしてこんなことしてるのかとか」

「興味ない。あんたに色々聞きたいのは警察と遺族だろ」

「僕は君が、どうして気づいたのか気になるんだけど」

「あんたに殺された人間が見えるんだ」

本当のことを言ったのに、男は信じなかったみたいだ。馬鹿にするように苦笑する。

そんな大人の反応は見慣れたものだ。神長さんと、鈴さんが違っただけで。

男は笑いながら近づいてくる。その左手に握られているものは、鈴さんのスマホだ。右手にあるものは……刃渡り十五センチくらいのナイフ。その鋭さに、反射的に身がすくむ。けど僕はすぐにかぶりを振った。

「……大丈夫」

もっと凄惨な死を見たこともある。生きたいのに生きられなかった人の最期も。自分を庇ってくれた人を、呆然と看取ったこともある。

それに比べれば、今は——まだ怒りのやり場がある。

男が近づく。

鈴さんは動かない。僕はコートを握りしめる。

その距離が二メートルを切った時、男が動いた。

突如走り出し、僕にむかってナイフを突き出す。

——けど、同時に鈴さんが動いた。

彼女は僕のコートを摑むと男に投げる。

急に塞がれた視界に、男は舌打ちしてコートを払った。

だがそうして構え直そうとした男の右手を、僕の振るったバットが強打する。

男は悲鳴を上げてナイフを取り落とした。

その脇腹を、僕は木製バットでもう一度振り抜く。

短い悲鳴が冬空に響く。

僕は男がうずくまったのを見て、落ちたナイフをバットで遠くへ弾いた。

「子供って言ったたって、十二歳に全力バットで殴られれば、骨にヒビくらい入るだろ……あんたの負けだよ」

「バ、バットなんてどこから……」

「――ここに私の幻視がいるってのは、一番最初に聞いてたから」

立ち上がった鈴さんは、ジャケットの中から厚めの犬雑誌を取り出す。ってか、何その雑誌……ポメラニアン専用誌なんてあるんだ。初めて知ったよ。

何もかも予想外な彼女は、ナイフの痕がある雑誌をベンチに置いた。

「設置型の罠ってやつだよ。前に神長君には馬鹿にされたけど」

「あれは鈴さんがホームに投網を置いとこうって言ったからだろ……」

僕は、ベンチの下から取り出したバットを見下ろす。

相手の誘いに乗って動こうとした僕に、鈴さんは小声で「下にバットが貼ってあるから、こっちにおびきよせて」と言ってきたんだ。だから僕は、コートを拾うふりをして、バットを取り出した。そしてそれをコートで覆い隠した。

いつから用意してあったのか。ジャケットの下に雑誌を入れてあったのもそうだ。

この人は、幻視も見えないし一件目の事件も知らないくせに、これだけの準備ができるんだ。探してる相手を「犯人じゃないかもしれないし」なんて思いながら、ちゃんと悪意がある可能性まで想定してる。まったくとことん予想外で……最高の人だ。

僕は鈴さんより半歩前に出ながら、男に向かってバットを構える。ちょうどその時、公園の外からパトカーのサイレンが近づいてきた。

鈴さんが僕を見る。

「神長君、通報した？」

「うん。さっき鈴さんへの通話切った時に。代わりに警察にかけた」

そのまま僕は何も言わなかったけど、男に言った言葉でこの公園の名前を出した。だから、異常に気づけば来てくれるとは思ったんだ。駅の派出所でも僕は、荷物をばらまいたまま出てきてるわけだから。

男は打たれた場所を押さえて僕たちをにらむ。

僕は、いつでも動けるように意識した。必要とあれば、男の脳天にバットを振り下ろす覚悟さえして——だが彼は、不意に身をひるがえすと公園の奥へ逃げ出した。

「待っ……！」

「神長君、やめよう」

追いかけようとした僕を、鈴さんが制止する。その一言で僕は我に返った。

相手は大人の男で殺人者だ。僕が一人で追いかけるより警察に任せた方がいい。

そう思って肩の力を抜くのと、鈴さんがベンチに座りなおすのはほぼ同時だった。

彼女は疲れた声を冬の空に吐き出す。

「ごめんね、神長君。ここに来たら犯人も来るかなって思ったんだけど」

「人のこと言えないけどやめてくれよ……心臓止まるかと思ったよ」

本当に、刺し違えてでも殺してやるって思ったんだ。

鈴さんが死んだかもって思った時に、自分にはそれができると思った。怒りのまま、何もかもをぶち壊せると疑わなかった。

でも、今になって両手を見ると、がくがくと震えている。現実が後から追いついてきたみたいだ。

そんなめちゃくちゃな僕の心を知らない鈴さんは、ふっと微笑む。

「でも、来てくれてよかった……私の未来変えてくれて……ありがとう」

「それは鈴さん自身の力だろ」

呆れながら返して、僕は鈴さんを見る。

ベンチに座った彼女は、いつの間にか背もたれに寄りかかって目を閉じていた。

白い顔は血の気がない。脇腹の染みが広がっているのに気づいて、僕は絶句した。

「す、鈴さん？」

雑誌で防いだんじゃなかったのか……？

いや――ジャケットには血が染みだしてた。ナイフは貫通したんだ。

僕は理解すると同時に、鈴さんの脇腹に手を伸ばす。青ざめた唇が微かに動いた。

「……だいじょ、ぶ……一人に……しない、から」

「当たり前だろ！」

鈴さんはけれど、それきり何も言わない。

僕は服の上から傷口を押さえて叫んだ。

「誰か！　誰かきてくれ！　助けて！　怪我人がいるんだ！」

警察が到着したのか、サイレンの音が止まる。近づいてくる人の気配。騒がしくなる公園に、僕の絶叫が響く。

「早く来てくれよ！　早く！」

ベンチに幻視はもう見えない。僕はただ救いを求めて叫ぶ。
まだきっと間に合う。僕たちは二人で、笑って終われるはずなんだ。
自分の名前だって教えてない。まだ何も彼女に返せてない。
何も、本当のことを始めてないんだ。

だから、どうか。お願い。
お願いだ、鈴子。

冬の空を僕の叫びが震わせる。
白昼の平穏についた染み。人知れず葬られるかもしれなかった事件の最期。
こうして、幻視で始まった僕たちの物語は——この日、終わった。

エピローグ

見慣れた女子大の正門は、今日も行き交う学生たちで賑やかだ。

住宅街の中に広がる瀟洒なキャンパスは、外からでも美しさがうかがい知れる。

僕はそこを通り過ぎながら、中の景色を一瞥した。

正面の校舎に刻まれた「凡て真なるもの」という標語。ラテン語のその意味を教えてくれた彼女——今はもうここにいない鈴子のことを、僕は思い出す。胸の中に、懐かしさと同量の寂しさが広がった。

あの日、逃げた犯人はまもなく警察に確保された。

僕が全力で振るったバットは、男の骨をあちこち折っていたらしい。警察にはめちゃくちゃ怒られて、久しぶりに両親にも怒られた。母親は大声をあげて泣きながら、「もう野球禁止！」なんて言ってたけど、あのバットは僕のバットじゃない。

けど結局、それをきっかけに親とは少しずつ関係修復もしたんだ。それまではやっぱりおかしな力を持つ子供ってことでぎくしゃくしてたところがあったから、僕の家庭についてはは結果的にあれでよかったのかもしれない。

　犯人の動機は聞いても理解できなかったし、正直不快すぎて詳しく聞きたくなかった。ただ犯行手順については、ほぼ僕の推測で当たっていた。一件目のＯＬは隠れた店を探索するのが趣味で、そこをたまたまって感じだったらしい。スケッチブックを持ってたのは、やっぱり近くの美大を卒業したばかりだったからで、恩師を訪ねた帰りだったんだという。警察は既にそこまで調べていて、犯人に辿りつくのも時間の問題だったみたいだ。

　他殺の幻視は急に濃くなるって話は、必ずしも他殺だからってわけじゃなくて、それがぎりぎりまで確定するかどうか偶然の要素が強い場合だけみたいだ。標的を定めない通り魔とか、あとは殺意が揺らいでいる時とか、もっと色んなケースを調べれば法則がはっきりするのかもしれないけど……今はもう無理だ。

　僕はあれから徐々に、幻視を見ることができなくなった。

　子供の時期特有の、不思議な感覚だったのかもしれない。中学に入った頃には、すっかり何も見えなくなってしまった。

　それはそれで肩の荷が下りたと思うけど……時々残念にも思う。「人の命がかかってるんだよ！」なんて、彼女の言葉を思い出す。

本当に――彼女は色んなものを、僕に残してくれたんだ。

「鈴子……鈴さん」

懐かしい呼び名に、僕はふっと微笑む。僕はそうして、かつて彼女がいた構内に背を向けると、駅に向かって歩き出した。「彼ら」の見えない街を行きながら、メールの着信音に気づいて、スマホを取り出す。

そこにはちょうど、彼女からのメールが届いていた。

『もう駅についたよー。今どこ？　今日はネギ丼が食べたいな。あ、会社で面白いことがあってね――』

相変わらずの取りとめのないメールに、僕はぷっと吹きだす。

社会人になっても、鈴さんは鈴さんだ。でも本当の大学生になった僕は、あの当時より君と対等に並べているのかもしれない。

できれば、これからも一生をかけて、君の優しさに返せるように。

僕はメールの代わりに、電話をかける。結局、七年経っても変わらない呼び出し音の後に、聞き慣れた声が響いた。

『はーい。鈴です』

「あ、僕だけど」

『僕って誰か、ちゃんと名乗ろう。オレオレ詐欺に引っかかるよ、私が』

なんだこの人……着信画面に絶対名前出てるだろ。挨拶きちんと推進団か。

でもここで突っこんでると余計にこじれるからな……。

諦めて名乗ろうとした僕の前に、ちょうどバスが停まる。開いたドアから降りてくる女子大生たちの後ろ、最後に現れた人間を見て、僕は乾いた笑いを零した。

スーツ姿のいまいち似合わない彼女は、通話中のスマホを持ったまま手を振る。

「やっほー！　驚いた？　時間差トリックだよー！」

「驚いたけど、バスの中で電話取るな」

「う……ごめんなさい。ネギ丼が待ちきれなくて……」

「そこは僕に会いたいからって言えよ。嘘でもいいから」

「会いたかったよー。昨日ぶり！」

「言わせた感がすごくてありがたみない……」

「本当だよ」

ふっと微笑む彼女は、陽の光に透き通るようだ。

幻視ではない本当の彼女。僕は綺麗なその横顔に見惚れる。

そんな視線に気づかない鈴さんは、僕を見上げると白い手を差し出した。

「行こう、——君《くん》」

本当の名前、本当の自分。

未だ見えない明日を、君と二人で。

僕たちはそうして、この世界を歩き出した。

あとがき

この度は「死を見る僕と、明日死ぬ君の事件録」をお手に取って下さり、ありがとうございます。メディアワークス文庫では初めましての古宮九時《ふるみやくじ》です。

普段はファンタジー小説をメインに書いている私ですが、実は読むのはミステリが好きだったりします。絶海の孤島、嵐の山荘、謎めいた建築家が建てたいわくつきの洋館！　わくわくする！　めっちゃわくわくする！

という趣味を反映してではないですが、今回のお話は少しミステリ風味です。

人の未来の死が見える主人公と、彼を引っ張り回す女子大生。

彼の失われた過去と、見えない未来のお話を、楽しんで頂ければ幸いです。

あまり作品について色々触れるとネタバレになるので、今回も謝辞を！

いつもいつも私のアバウトなネタ出しに付き合って、完成まで導いてくださる担当編集様、本当にありがとうございます！　「不思議な力があって、すれちがいの切ない系な感じでー」って言っときながら、蓋を開けたら割と漫才ですみません。それでも「面白かったです！」と第一声を頂いて嬉しかったです！

そして、今回表紙を引き受けてくださった浅見《あさみ》なつ様、ありがとうございます！　透明感溢れる美しさに、初めて拝見した時から「ふあー！」となりました。本屋さんに並ぶ日が楽しみです！

そして毎回原稿に追われる私を、適度に放置してフォローしてくださる家族や同僚の皆様、ありがとうございます。最近、コメダのかき氷はミニを選んでもでっかいから、お腹壊すと学習しました。次は気を付けます。

最後に、この本に目を留めてくださった読者様方。皆様のおかげで、今作も形にすることができました。ふとした空き時間に、また余暇にでも、しばし彼らの物語にお付き合い頂ければ幸いです。

そしてよろしければ、結末を知った後に、また彼らの足跡を辿ってくださいますよう、お願いいたします。

ではでは、またいつかどこかで。ありがとうございました！

二〇一七年某月某日　古宮　九時

古宮九時

著作リスト

死を見る僕と、明日死ぬ君の事件録（メディアワークス文庫）
監獄学校にて門番を（電撃文庫）
監獄学校にて門番を②（同）
監獄学校にて門番を③（同）
Ｂａｂｅｌ　―異世界禁呪と緑の少女―（同）
ＢａｂｅｌⅡ　―剣の王と崩れゆく言葉―（同）

本書は書き下ろしです。

メディアワークス文庫

死《し》を見《み》る僕《ぼく》と、明日死《あしたし》ぬ君《きみ》の事件録《じけんろく》

古宮九時《ふるみやくじ》

2017年11月25日　初版発行
2019年5月10日　13版発行

発行者　郡司 聡
発行　株式会社KADOKAWA
〒102 - 8177　東京都千代田区富士見2 - 13 - 3
プロデュース　アスキー・メディアワークス
〒102 - 8584　東京都千代田区富士見1 - 8 - 19
電話03 - 5216 - 8399（編集）
電話03 - 3238 - 1854（営業）
装丁者　渡辺宏一（有限会社ニイナナニイゴオ）
印刷　株式会社暁印刷
製本　株式会社ビルディング・ブックセンター

ISBN978-4-04-893525-8 C0193

メディアワークス文庫　http://mwbunko.com/
株式会社KADOKAWA　http://www.kadokawa.co.jp/

本書に対するご意見、ご感想をお寄せください。

あて先
〒102-8584　東京都千代田区富士見1-8-19　アスキー・メディアワークス
メディアワークス文庫編集部
「古宮九時先生」係

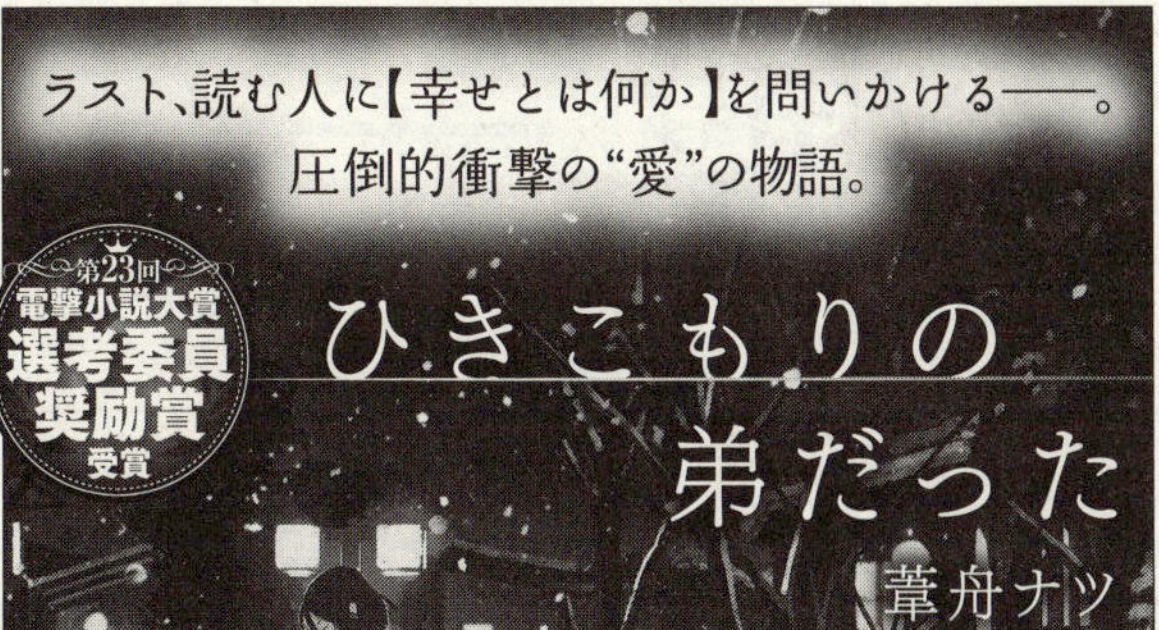

『三日間の幸福』『恋する寄生虫』著者

三秋 縋 大推薦!!

「行き場のない想いに行き場を与えてくれる物語。この本を読んで何も感じなかったとしたら、それはある意味で、とても幸せなことだと思う。」

発行●株式会社KADOKAWA アスキー・メディアワークス

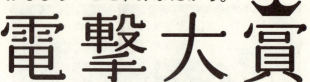